CONTRE VENTS ET SECRETS

DE LA MÊME AUTRICE

Je suis venue te dire, roman, L'Archipel, 2021.

CYNTHIA KAFKA

CONTRE VENTS ET SECRETS

roman

l'Archipel

Collection « Instants suspendus »
dirigée par Virginie Fuertes

Retrouvez Cynthia Kafka sur les réseaux sociaux :
www.cynthiakafka.com
Sur Instagram : @cynthia_kafka_

Notre catalogue est consultable à l'adresse suivante :
www.editionsarchipel.com

Éditions de l'Archipel
92, avenue de France
75013 Paris

ISBN 978-2-8098-4391-0

À Hœdic, mon Broavel à moi,
et à ses habitants actuels et disparus

« Une île, c'est peut-être un radeau
pour les naufragés de la vie. »
Yves La Prairie

I

Février 2022

— Je vais être père.

Il a prononcé ces mots sans émotion, sur le même ton qu'il aurait utilisé pour dire une affligeante banalité.

Ce n'en est pourtant pas une. C'est une explosion.

La conclusion d'années à le vouloir. À y croire.

C'est lui qui, le premier, avait mis le sujet sur le tapis.

À l'époque, il avait murmuré : « J'aimerais fonder une famille. Le plus tôt possible. »

Il avait ajouté, avec des trémolos dans la voix : « Est-ce que tu en as envie ? Avec moi ? »

Je commençais tout juste à travailler en tant que correctrice dans une maison d'édition réputée, ce n'était pas ce qu'on appelle le moment propice, mais le serait-ce vraiment un jour ? Je n'avais pas pris la peine de réfléchir. Il était le premier amour de ma vie. Le seul qui m'ait fait ressentir le grand bouleversement intérieur. Les mains moites, le cœur qui s'emballe, les papillons qui volent. Tout chez cet homme me fascinait : son regard ténébreux, sa détermination, son analyse de la vie, son charisme... Il représentait mon exact opposé. On se complétait. Je n'avais jamais rêvé de devenir mère, mais dans ce lit, nos deux corps nus collés l'un contre l'autre, j'avais lâché dans un souffle que j'en avais envie aussi. J'avais étouffé mes angoisses sous un sourire et j'avais assuré que je n'imaginais pas, moi non plus, l'avenir sans enfant. Je ne l'envisageais surtout pas sans lui.

Il m'avait embrassée avec passion, m'avait serrée contre lui, m'avait murmuré qu'il était le plus heureux des hommes, que nous ferions des parents fabuleux. Il avait parlé prénoms, il avait parlé nombre. Deux c'est bien, mais trois c'est mieux. Il avait évoqué un ordre d'arrivée, comme si on avait voix au chapitre ou qu'on pouvait donner notre avis. J'avais ri, emportée par son enthousiasme, presque libérée de mes craintes, et avais englouti son vœu en le faisant mien.

On s'était mariés l'été suivant et j'avais arrêté ma pilule la veille de la nuit de noces, parce que c'était ainsi qu'il fallait agir, dans sa famille et dans la mienne.

C'était il y a dix ans.

Il y avait d'abord eu l'attente. Normale, selon notre entourage, puis d'après les spécialistes.

Il y avait eu l'espoir. Enfin, il y avait eu deux traits sur le test de grossesse. Puis la douleur fulgurante, et le sang. Il y avait alors eu les propos rassurants. Ça arrive souvent, dans quinze pour cent des cas. Un peu de repos, et la prochaine fois sera la bonne. Il y avait eu les larmes, l'apitoiement, la culpabilité, l'attente à nouveau. L'espoir, encore. La seconde fausse couche. Les ventres qui s'arrondissaient autour de nous. Le mien qui restait vide. Les regards de pitié. Les désillusions.

Les insomnies. Les questions. Les cycles qui se succèdent avec les règles pour trait d'union, à la fois point final et majuscule. Les rendez-vous médicaux, les examens. Le calendrier qui fait passer l'ovulation avant la passion. La dépression, qu'on cache parce qu'elle sonne de la même manière que déraison. La démission, parce que travailler de la maison serait probablement la solution. Les amis qui s'éloignent. La honte. L'isolement. Le chocolat pour réconfort. Les kilos comme un rempart. Les disputes pour tout, celles pour rien.

Et puis cette phrase.

Je vais être père.

Cette phrase prononcée sans émotion.

Cette phrase comme un poison.

Parce que ce n'est pas moi la mère.

2

28 août 1986

Le roulis des vagues en fond sonore. Le sable pour tapis. L'horizon tel un tableau. La voûte céleste comme toit. Le phare en guise de veilleuse. Chacun présent pour se soutenir mutuellement.

Ils auraient dû célébrer la fin d'un été de dur labeur. Ils ne savaient plus désormais si la fête était de rigueur. Mais ils étaient ensemble, c'était déjà beaucoup.

Ils avaient rapporté du bois séché et allumé un feu de joie sur la plage, autour duquel se rassembler. Jonas entonna une mélodie sur sa guitare. Elle démarrait doucement, avant de gagner en ampleur, pour se révolter au moment du refrain. Un peu comme eux, sans doute. Du chaos naît l'art.

Le corps d'Irène ondulait sur les accords de Jonas. Sa danse paraissait aérienne, hypnotique. Elle ressemblait à ces créatures elfiques qui peuplent les légendes bretonnes. Elle virevoltait, sans jamais quitter le phare des yeux. D'ici quelques minutes, son rayon de lumière transpercerait les nuages pour indiquer leur position aux égarés.

Sa chorégraphie perdit en intensité, jusqu'à s'arrêter tout à fait.

Plongée dans ses pensées, elle n'entendit pas Véra se rapprocher, et tressaillit quand celle-ci l'interrogea.

— Hé, Sirène, pourquoi tu as le regard dans les vagues ?

Pour toute réponse, Irène esquissa un faible sourire.

— Tout va bien, maintenant, murmura Véra. Viens noyer le gris avec nous.

Irène ferma les yeux.

— Les histoires qui finissent bien, ça arrive seulement dans les romans. Ou au cinéma.

Véra fronça le nez. Elle avait bien remarqué que depuis quelques jours, Irène semblait chagrine. Que la sirène ne chantait plus. Évidemment, il y avait eu ce qui venait de se produire. Cette explosion. Mais Véra pressentait que les derniers événements avaient agi tel un déclencheur sur un motif tapi depuis longtemps.

— C'est le départ qui te rend morose ?

Silence. Murmure :

— Plutôt la peur de ne jamais revenir.

Toujours ponctuel, le phare s'alluma.

Irène aurait bien eu besoin qu'il lui montre le chemin. Qu'il guide ses pas, qu'il oriente sa destinée. Mais, encore une fois, elle devrait se débrouiller.

— Bien sûr que si, tu reviendras, assura Véra avec fermeté. Tu seras toujours la bienvenue. On forme une famille.

La chair de poule s'empara d'Irène. Elle hésita un instant, puis lâcha dans un chuchotement qui aurait pu se perdre dans celui du vent :

— Véra, je… je suis enceinte.

La surprise figea les traits de Véra. Les questions se mirent à pleuvoir dans son esprit. Une, en particulier, s'incrusta, à la manière d'une écharde au bout du doigt. En faisant tambouriner le cœur. Elle n'en posa aucune. Pas ce soir. Ce soir, elle voulait être heureuse.

Derrière elles, Jonas s'impatienta :

— Je voudrais vous montrer un truc. Prêtes ?

Irène se détacha de Véra, appuya son index sur ses lèvres.

— Tu gardes ça pour toi, d'accord ?

Les mains posées sur l'épaule de Jonas, elle étira ses lèvres. Masque de bonheur.

Le jeune homme souleva un vieux bout de drap déchiré qui dissimulait une partie de sa barque, celle qu'il avait passé des semaines à poncer, à repeindre et à briquer. Celle qu'il avait appris à aimer parce qu'il n'avait pas le choix.

Le nom du bateau, inscrit en rouge vif sur fond blanc, se révéla, rutilant : « Contre vents et secrets ».

— Je l'ai baptisé ainsi pour m'en souvenir tous les jours. Cette devise, c'est la nôtre. Celle qu'on a offerte à Broavel.

Un silence rempli d'émotions les enveloppa. Il contenait leurs failles et leurs tempêtes intérieures, celles grâce auxquelles ils s'étaient trouvés, reconnus peut-être. Il était empreint des remous qui les avaient fait se révéler. Il masquait aussi la culpabilité qui, telle une amitié envahissante, viendrait régulièrement leur tenir compagnie.

Véra le brisa en premier, pour ne pas pleurer :

— En parlant de secrets, quand est-ce qu'on s'occupe du coffre ?

Le regard des trois amis se releva vers le phare.

— Pas ce soir, murmura Irène. Pas en pleine nuit. Plus tard…

— Ce soir, on baptise mon bateau à la bière ! s'égosilla Jonas pour dissiper les ténèbres.

Irène enfouit son menton dans le cou du jeune homme. Il la prit dans ses bras, et la fit tournoyer dans les airs.

Toute trace de tristesse avait disparu de son visage.

L'espace d'un instant, Véra se demanda presque si elle n'avait pas inventé cette discussion.

Pourtant, elle repenserait souvent à ce moment et au gâchis qu'il avait engendré.

3

Lundi 7 mars 2022

— Charlène, tu ne vas pas prendre de fromage, n'est-ce pas ?

Ma main suspend son ascension du Mont d'Or. J'hésite à la passer dans mes cheveux, comme si je comptais me recoiffer, mais ce serait peine perdue. Ma mère, tout à sa théorie, ne m'accorde pas un regard :

— Normalement, les gens qui souffrent d'une peine de cœur maigrissent à vue d'œil. Toute cette débâcle va peut-être au moins engendrer un aspect positif…

Elle lève les yeux au ciel. Les miens se baissent sur Einstein, le chat angora, qui s'étend dans un rai de lumière. « Moi vouloir être chat » s'incruste dans ma tête, tandis que je récupère de l'uppercut mental qu'elle m'a envoyé dans l'estomac.

— Maman, on ne va pas…

— … prendre de dessert non plus, tu as raison, approuve-t-elle en refermant le frigo d'un mouvement sec.

« Dans la jungle, terrible jungle. »

Elle se rassoit, saisit le journal et se plonge dans les faits divers. Fin de la discussion. Ce qui se passe trois rues plus loin ou dans un autre monde présente plus d'intérêt que notre conversation.

Je débarrasse la table et monte dans ma chambre. Roulée en boule sur l'antédiluvienne couette à l'effigie de Fido Dido, je scanne cet endroit dans lequel j'ai atterri il y a presque une semaine. Six longues journées. Autant dire une vie.

Si l'échec était un lieu, il ressemblerait à cette pièce aux murs blanc cassé sur lesquels de vieux posters des Worlds Apart et de David Charvet me rappellent que s'ils ont vieilli, moi aussi. Réinvestir sa chambre d'enfant à l'aube de ses trente-cinq ans, ultime allégorie d'une existence qui part en vrille.

Je n'ai jamais supporté l'échec. Mon truc à moi consiste en la technique des trois singes. Je pars du principe que tant que je n'ai rien vu, rien entendu ou rien dit, rien ne s'est réellement produit. Pour Hervé, c'est pareil. J'ai délibérément rejeté tout ce qui aurait dû me mettre la puce à l'oreille. J'ai fermé les yeux de toutes mes forces. Je n'ai pas posé de question. Cela m'a permis d'ignorer quelque temps que mon mari avait trouvé l'herbe plus verte ailleurs. Une brindille de dix ans sa cadette. Il n'a pas perdu au change. Une brindille délicate contre une vieille ronce amochée.

« Je vais être père. » Cette phrase tourne dans mon crâne comme ces toupies lumineuses qui provoqueraient une fracture de la rétine à une taupe. Elle piétine mon cœur, laboure ma poitrine, grignote mon âme. Face à cette flèche balancée en plein cœur, je n'ai pas pu feindre de n'avoir rien senti. Je n'ai pas pu crier « même pas mal ». Il a fallu que je me rende à l'évidence. Il ne s'agissait pas d'une incartade passagère. Je devais quitter mes œillères. Il m'abandonnait pour de bon. Et cet enfant à naître en était non seulement la preuve, mais également un jet de citron sur une plaie à vif. Ma pire humiliation. La seconde, c'est mon retour dans cette maison.

Mon lit et les vieux posters sont les seuls vestiges de mon passé entre ces murs.

Quand je suis arrivée chez mes parents après la confession d'Hervé, incapable de rester plus longtemps dans cette maison qui avait été la nôtre, ma mère ne m'a pas accueillie à bras ouverts. Plutôt à bras ballants. Le regard fuyant, elle semblait chercher une réaction appropriée sans parvenir à la trouver. Et quand j'ai osé demander si je pouvais m'installer chez eux quelque temps, elle a manifesté une forme de bienséance froide et austère.

« Ça tombe mal, on refait entièrement la déco… On a dû transformer ta chambre en débarras le temps des travaux, ça ira ? » s'est-elle vaguement excusée en désignant les piles de livres et les bibelots du salon entreposés devant mes affaires d'adolescente.

Débarras. Le sentiment que le mot s'appliquait à moi.

J'ai retenu un rictus désabusé.

Désolée de n'avoir pas informé à l'avance que mardi en huit, l'homme avec qui je pensais vieillir allait m'évincer de son existence.

Ça, c'est ce que j'aurais répondu si mon courage m'y avait autorisée. À la place, j'ai baragouiné que ça ne durerait pas longtemps, juste le temps de me retourner, navrée de « mal tomber ».

Je tombe toujours mal avec mes parents. Je ne suis pas un cheveu sur la soupe, je suis un postiche mal collé.

Si ma mère m'entendait, elle ne manquerait pas de souligner que je suis une éternelle persécutée. Il est vrai qu'ils n'expriment jamais rien de méchant à mon égard. En tout cas pas devant moi. Mes parents savent mettre les formes. Chez les Carlier, les mots mijotent, se soupèsent, tournent longuement dans la tête avant de franchir les lèvres. Ils ont un poids, alors on les allège. On les conserve, comme une avarice coquette. On les travestit pour la bienséance. Ils ne s'entrechoquent pas, ne rebondissent pas contre les murs, ne volent jamais plus haut que les murmures. Ils sont voilés. Je crois que c'est pire encore. Ça laisse plus de place à l'interprétation. Voilà sans doute pourquoi, depuis toujours, je les préfère écrits, lorsqu'ils se créent un chemin dans ma tête, dans mes veines, quand ils pulsent dans mon ventre et qu'ils s'accrochent à mon cœur. Je chéris les mots bas, les mots doux, les mots d'amour, mais également les mots crus, les gros mots, ceux qui hurlent, grondent, tempêtent, s'écrasent et vivent, tout simplement. C'est une des raisons qui m'ont incitée à en faire mon métier.

Bref, j'ai pris sur moi. Je les ai remerciés. Et j'ai investi le débarras.

Mais ce déjeuner me conforte dans l'idée qu'il faut vite que je trouve un plan B.

Ma mère qui se focalise sur mon poids, ce n'est pas nouveau. « C'est pour ton bien que je dis ça », me répète-t-elle depuis mon enfance. Désormais, elle laisse surtout planer le doute selon lequel Hervé m'a quittée parce que je n'avais pas assez pris soin de moi. De son point de vue, il semblerait que nos problèmes conjugaux disparaîtraient avec mes kilos.

Irène Carlier a les rondeurs en horreur. Pas l'ombre d'un bourrelet ne dépasse de son costume de femme parfaite. Au jeu des lettres pour représenter le corps, ma mère est un I. Moi, je suis un O qui se transforme en B à force de se serrer la ceinture pour ne pas se montrer. J'ai grandi en étant convaincue que j'étais le gros vilain canard dans une famille de cygnes. Une mauvaise blague de la génétique. J'ai grandi en surveillant ce que je mangeais, tout en digérant les railleries à coups de confiseries planquées sous mon lit.

C'est d'ailleurs ce que je fais, encore aujourd'hui. Je me penche pour attraper la tablette de chocolat qui me permettra d'oublier les sarcasmes maternels déguisés en conseils avisés, et tout le reste.

Un bruit dans le couloir me fait sursauter. Je me précipite pour camoufler le chocolat, renversant au passage une pile de livres posés en équilibre précaire à côté de mes affaires. La tour tombe dans un grand fracas. J'ai subitement dix ans et une bêtise à réparer avant de me faire gronder.

Je laisse filer quelques secondes, sans respirer. Tends l'oreille. Personne ne s'interroge sur la provenance du vacarme. Aucun « ça va ? » pour vérifier que c'est le cas. En bas, j'entends France Culture palabrer dans la cuisine. Il est question d'écologie, et j'imagine ma mère hocher scrupuleusement le menton tout en commandant sur Internet ses sacro-saints sachets d'amandes qui devront traverser la planète pour qu'elle les grignote en écoutant la radio. Irène Carlier n'est pas à une contradiction près.

Je récupère le chocolat, en croque un morceau, les yeux mi-clos. Il fond sous ma langue. Mes muscles se détendent. Mon cerveau également. Un autre carré, et je peux presque me persuader que je suis suffisamment forte pour éloigner les soucis. Le sucre se distille dans mon corps, apaisant. Rassurant. Un dernier bout, et me voilà apte à revenir à la réalité. À prendre sur moi, de nouveau. Je redresse la montagne de livres reliés qui paradent habituellement sur les étagères du salon, sans que personne ne les ait jamais ouverts.

Maupassant, Balzac, Pascal, Zola, des noms qui claquent en vitrine et qui présentent bien devant les invités. Je connais mes parents par cœur. Je sais leurs gestes, leurs mimiques, leurs formules de politesse. Je repère les pincements de lèvres, les regards blasés et les soupirs désabusés. Leur condescendance qui se déguise en pitié.

Mais connaît-on jamais vraiment ceux qu'on côtoie pourtant depuis toute une vie ?

Cette question me percute de plein fouet alors que je tire de *La Métamorphose* de Kafka une enveloppe qui s'en échappe. À l'intérieur, une photo qui ne date pas d'hier me montre six jeunes au look vintage. Mon cœur rate un battement en découvrant, parmi les portraits souriants, celui de ma mère. Elle a l'air d'une autre, et pas seulement parce qu'elle a facilement trente ans de moins. Ses cheveux volent au vent et son visage aux joues rebondies est rayonnant. Le cliché a été réalisé devant une bâtisse en vieille pierre et, en plissant un peu les yeux, je parviens à en distinguer le nom : les Oisillons. Au dos de la photo figurent une date et un mot, potentiellement un lieu : août 1986, Broavel. Ainsi qu'une inscription : Contre vents et secrets.

Je secoue le livre. Il en tombe une lettre.

4

29 août 1987

Ma chère Irène,

Voilà un an aujourd'hui que tu es partie sans te retourner. Drôle d'anniversaire.

Si je respecte ton silence, je le regrette également.

Pas un jour ne passe sans que je pense à toi.

À tes côtés, ma vie s'est transformée à tout jamais.

J'aurais souhaité, moi aussi, pouvoir alléger ta peine, suffisamment pour que tu te confies.

Nous avons tous nos secrets. Certains sont partagés, et peuvent ainsi peser moins lourd sur le cœur. D'autres sont enfouis. Ils créent la personne que l'on est, nous aident à devenir meilleurs, ou nous éloignent des autres.

Tu as choisi de conserver les tiens, et j'espère du fond du cœur que tu seras assez forte pour les garder, ou que tu trouveras celui ou celle qui acceptera de les porter avec toi.

N'oublie jamais que Broavel sera toujours ton chez toi, un endroit où te réfugier.

Je continuerai à espérer ton retour et, quand mes yeux se poseront sur le phare, je ne pourrai m'empêcher d'avoir *une pensée pour toi. Pour ce qui nous a unis. Pour ce qui nous liera encore, toute la vie. Contre vents et secrets.*

Je joins à cette lettre une photo prise aux Oisillons, une des dernières.

J.

5

Je finis ma lecture avec des questions plein la tête, et une drôle de sensation dans le ventre. Doute. Alerte. Intuition. Malaise.

Broavel n'est pas un nom qui résonne en moi, et pourtant, il m'apparaît comme une clé. Je secoue frénétiquement les autres romans de la pile à la recherche d'indices supplémentaires. De réponses tracées à l'encre par ma mère et abandonnées ici, pourquoi pas. Je me vois déjà spectatrice d'un roman épistolaire. Malheureusement, je n'ai le droit qu'à ça. Ce fragment de souvenir où, quelques mois à peine avant ma naissance, ma mère a l'apparence d'une tout autre personne. Plus ronde, juvénile, avec ce petit quelque chose accroché dans le regard, entre fierté et bonheur. Et puis cette missive énigmatique. Envoyée par qui ? Pourquoi ?

Je connecte mon téléphone à Internet. De rapides recherches m'apprennent que Broavel est l'île la plus éloignée d'un archipel composé de trois cailloux, au sud de la Bretagne. Un endroit exempt de routes, de voitures, de centre commercial ou de salon de coiffure, et peuplé d'à peine une trentaine d'habitants. Rien de tout cela ne colle avec maman. C'est une citadine pure souche qui déteste voyager. Pour elle, un séjour, c'est tout confort ou sans-façon.

Mais que sais-je de sa vie avant moi ?

Quelle femme a-t-elle bien pu être avant de devenir celle de mon père ? Est-ce la maternité qui l'a rendue amère ?

Je me rends compte, encore une fois, que la communication n'est pas le point fort de ma famille. Les joyeux repas dominicaux pendant lesquels on narre les anecdotes d'antan n'ont jamais eu leur place chez les Carlier. Pour moi, ce genre de réunion, ça n'existe que dans les séries américaines. Dans ma famille, on ne se raconte pas. Le passé n'est jamais abordé. Mes grands-parents paternels ont migré vers le soleil du Sud alors que j'étais gamine. Je n'étais pas née quand mes grands-parents maternels sont décédés. Maman est fille unique, mon père a une sœur de treize ans son aînée à qui il ne pense même plus à envoyer ses vœux de bonne année. Voilà tout. L'entourage de mes parents se compose uniquement de relations professionnelles de mon père, devant qui, évidemment, on doit se tenir. Ma mère n'a d'ailleurs pas d'autres opinions que celles de son mari. Il commande, elle opine du chef, en bon petit soldat. Sous ce toit, le féminisme est une insulte à la famille.

Me cachent-ils des bribes de leur passé ? Ont-ils eu une vie plus intéressante avant moi ?

Mes parents ont toujours été désolés de ma trop grande imagination. D'après eux, je me pose trop de questions. Je suis soit *trop*, soit *pas assez*. Je suis *toujours* ou *jamais*. Je ne possède pas de touche « juste milieu ».

Trop sensible, susceptible, tête en l'air, pleurnicheuse, ou angoissée. Pas assez pragmatique, réaliste ou combative. Je suis *toujours* dans l'excès. *Jamais* comme ils souhaiteraient. J'ai grandi avec l'impression qu'à la loterie des enfants, ils n'avaient pas obtenu satisfaction. À peine un lot de consolation, voire un fardeau, comme lorsqu'on gagne un poisson rouge à la pêche aux canards alors qu'on ne possède même pas un bocal rond. Ce n'est pas faute d'avoir essayé. J'ai longtemps tâché de me transformer en une vraie récompense, pour mieux grappiller des gestes d'affection, des marques de reconnaissance. Toute ma vie, je me suis efforcée de me conformer à l'image de la fille modèle. De rentrer dans l'aquarium en lâchant le moins de bulles possible. Même en devenant adulte, en devenant la femme de quelqu'un, en tentant de devenir mère aussi, j'ai cherché leur approbation, en plus de celle de mon mari. Tant et si bien que je n'ai jamais vraiment fait de choix sans les avoir consultés.

D'où me vient ce sentiment que je ne suis jamais à ma place ?

Cette enveloppe peut-elle m'apporter des réponses ? Si j'en juge les émotions qui me transpercent : oui. Mais je n'ai jamais été très douée avec mon instinct. J'ai tendance à ignorer mes pressentiments, pour éviter de regretter mes choix. Par facilité ou par lâcheté.

Je tourne la lettre. La retourne. L'analyse. Soupire. Une lutte intérieure s'engage dans mon esprit. J'aurais beau la scruter toute la journée, elle ne m'apprendra rien de plus. Alors, je me décide.

Je prends mon courage à deux mains et la photo entre les doigts, et je rejoins ma mère dans la cuisine. Elle croise mon regard, semble y déceler une lueur nouvelle, espère :

— Tu as eu des nouvelles d'Hervé ?

Oui, plein. Mon ex-mari m'appelle tous les jours, on rit à s'en décrocher la mâchoire, et en fin de discussion, il me supplie de lui laisser une seconde chance.

Ça, c'est ce qu'elle aimerait entendre. Qu'Hervé regrette. Si la rupture m'a dévastée, je pense que ce sont mes parents les plus malheureux. Dans la bataille, ils ont perdu le gendre idéal. Dès les premiers mois de notre histoire, ils se sont targués d'être ceux qui me l'avaient présenté. Ils ont, de toute évidence, considéré qu'Hervé était le seul qui puisse sauver leur pauvre fille inintéressante des affres d'une vie médiocre. La veille du mariage, alors que, à l'instar de toute future mariée, je doutais de tout et surtout de moi, ma mère m'a chuchoté : « La vie n'est qu'une succession de choix, à toi de faire les moins mauvais. » J'ai tenté de me convaincre qu'elle essayait maladroitement de me rassurer. Ma mère doit être tombée dans une marmite de Lexomil à la naissance. Si je ressens tout puissance mille, elle semble ne jamais être en proie à aucune émotion, positive ou négative.

Ma mère fronce les sourcils, dans l'attente de ma réponse.

Je secoue la tête en signe de négation et m'apprête à parler quand elle m'interrompt, l'air las :

— Tu vas rester, alors ?

Je sens la moutarde me monter au nez. Ce n'est pas un « tu vas rester » accueillant. C'est un « tu vas rester » bras ballants. Je fais disparaître l'enveloppe dans mon dos et, sans y avoir réfléchi, je débite à toute vitesse :

— Non, ne t'inquiète pas, je débarrasse le débarras. Une éditrice avec qui je travaille m'a proposé d'écrire un guide sur une île en Bretagne. Une mission à rendre urgemment, à cause d'un désistement. Je pars demain.

Je me mords les lèvres, regrettant sur l'instant d'avoir prononcé ce mensonge. Elle me décoche une œillade inquisitrice. Pour une fois, j'ai attiré son attention et non sa pitié.

— En Bretagne ? Seule ?

Trop tard pour faire machine arrière. Je déglutis.

— Oui.

Les yeux de ma mère se plissent, ses lèvres se tordent. L'espace d'un instant, je la sens vaciller, et j'imagine qu'elle va me demander des précisions, voire mentionner Broavel. Mais elle se redresse sur sa chaise, lisse le bas de son chemisier et déclare :

— Réfléchis bien, Charlène. Es-tu en état de partir à l'aventure ? J'ai bien peur qu'il se passe moins de deux jours avant que tu ne pleures pour rentrer.

6

25 avril 1986

Parfois, même si c'était de plus en plus rare, sa mère reprenait pied dans la réalité. Elle rentrait du travail, ouvrait les fenêtres en grand, aérait la maison, allumait la radio et faisait s'envoler la poussière et la tristesse.

Irène n'espérait plus depuis longtemps que cet état de grâce perdure, mais elle avait appris à en profiter. Elle entrait dans la danse, envoyait valser les soucis, savourait la parenthèse. Elle accentuait la bonne humeur jusqu'à la ressentir vraiment. Elle enjolivait les petits bonheurs pour décrocher un sourire à sa mère. Elle racontait le lycée, les amitiés, les anecdotes que ses amies avaient vécues en les faisant siennes pour susciter l'admiration. Sa mère, de son côté, faisait des plans sur la comète. Elle se sentait bien, la spirale infernale était loin désormais. Elle entourait des offres d'emploi mieux payées que ce poste à l'usine qu'elle occupait depuis que le cinéma qui l'employait avait mis la clé sous la porte. Certifiait qu'elle s'y présenterait. Elles ne parlaient pas des fins de mois difficiles qui arrivaient de plus en plus tôt, de ces fois où elle se couchait tout habillée après avoir avalé des pilules sous une rasade de vin. Elles se conduisaient comme si cela n'existait pas, et parvenaient même à l'occulter.

Et puis la journée s'enfuyait, et la nuit engloutissait les espoirs. Toujours. La lueur se dissipait et les ombres revenaient entourer le lit de sa mère. Elles se cramponnaient à sa mémoire, s'agrippaient à la nostalgie, l'entraînaient dans le passé. Il fallait la secouer pour la sortir du sommeil. Elle rentrait de l'usine et s'avachissait sur le fauteuil donnant sur la rue. Hagarde, elle effleurait une photo jaunie, s'accrochait à des souvenirs, quand elle était jeune et belle, quand elle imaginait que la vie était un film sur grand écran. Elle pleurait l'existence qu'elle aurait dû avoir et regrettait ses choix. Elle noyait ses illusions perdues dans du mauvais pinard. Elle se réfugiait dans des « et si » qui la mettaient elle-même en bouteille.

Irène était habituée. Pleurnicher ou se plaindre ne servait à rien. Elle avait appris à se débrouiller, à jouer à la maman pour cette mère qui se délitait. Elle lui caressait les cheveux, faisait diversion. Elle lui lisait les faits divers pour la réconforter. Une maison qui a brûlé, voilà la vraie souffrance. Elles, elles avaient un toit au-dessus de la tête. Tiens, et ça ! Une femme avait perdu la vie en voiture, elle avait l'âge d'Irène. Elles étaient vivantes, elles. Et Irène serait toujours là pour s'occuper d'elle, pour lui préparer à manger lorsqu'elle oubliait de se nourrir, pour lui rappeler de se laver.

Ça irait. Demain serait lumineux.

7

Mardi 8 mars 2022

— Un billet pour Broavel, s'il vous plaît.

— Un aller-retour sur la journée ? me demande mécaniquement la guichetière.

— Non, pour une durée… indéterminée.

Elle arque un sourcil surpris dans ma direction, cesse de mâchouiller son chewing-gum et plisse les yeux comme si elle me connaissait peut-être.

— 14,50 euros. Vous allez voir de la famille ?

Non. Je vais découvrir qui a été ma mère avant de devenir cette femme à qui je ne veux pas ressembler.

— Seulement y passer quelques jours… me justifié-je en sortant ma carte bleue.

— À Broavel ? Ah ! Sans contact ? demande-t-elle avec une nonchalance qui me hérisse.

— Eh bien, oui, pourquoi ? Il faut être parrainée pour se rendre sur l'île ?

Elle me jette une œillade condescendante :

— Non, pour votre paiement… vous utilisez le sans contact ?

Mes épaules s'affaissent et je tente de contenir le sang qui afflue sous mes pommettes en pressant ma carte de crédit contre l'appareil. Ma mère n'a peut-être pas tout à fait tort lorsqu'elle affirme que je me sens toujours persécutée. J'offre un sourire contrit, mais la guichetière n'en a cure. Elle mastique à nouveau son chewing-gum et me tend mon ticket sans me jeter un regard.

Le vent marin apaise le feu de mes joues.

Je m'assois sur un banc pour profiter du soleil, tout en me demandant pour la millième fois de la journée la raison de ma présence ici. Je suis partie sur un coup de tête, dans une sorte de mélange de crises d'adolescence et de la quarantaine. Tout s'est joué en quelques heures, en quelques minutes même. Sous l'effet de la colère, je me suis senti pousser des ailes. Seulement, maintenant que le rythme se calme, que je n'ai plus rien à faire qu'attendre, mes neurones se réveillent. Ne suis-je pas en train de commettre une terrible erreur ? Mes émotions, à vif, se sont peut-être mélangées dans mon esprit. Je pourrais tout aussi bien repartir en sens inverse jusqu'au parking, remonter dans ma voiture, mettre les clés sur le contact et gommer ces derniers jours et ce projet loufoque du paragraphe de ma vie. Je réécrirais par-dessus, on oublierait tout. Écran blanc.

« Embarquement pour les îles de Tienez, Kervolan et Broavel ! » crie l'employé en charge du contrôle des billets. Ultime hésitation. Devant moi, l'inconnu. Derrière, l'air victorieux de ma mère si je revenais à la raison en même temps qu'à la maison. L'inconnu me terrorise. Pourtant, contre le regard de ma mère, il gagne le bras de fer. Puisque ma vie part à vau-l'eau, autant monter sur le bateau.

Je pose le poids de mon corps et de mes angoisses sur un siège en velours usé du *Kuzheol*. Pousse un soupir à fendre les flots. Je ne comprends toujours pas ce qui m'a pris. Tout cela ne me ressemble pas. C'est un enchaînement de situations qui m'a conduite ici, comme si, depuis quelques semaines, un marionnettiste tirait les ficelles de mon destin, jusqu'à me pousser à découvrir cette lettre. Un objectif comme bouée de sauvetage ?

— Moi, j'serais vous, j'me mettrais dehors, vocifère un vieux loup de mer au bonnet à la Cousteau vissé sur le sommet du crâne.

Je me retourne par curiosité pour découvrir à qui il prodigue ses conseils, mais c'est à moi qu'il s'adresse. Il faut avouer qu'on est peu nombreux sur le bateau. Personne ne se risque à partir en vacances en Bretagne en plein mois de mars. De surcroît sur une île minuscule. À part moi, mais je ne pars pas vraiment en vacances. Je compte donc pour du beurre demi-sel.

— J'dis ça, c'est pour vous, hein, reprend l'homme avec un sourire en coin. Quand on ne connaît pas trop les vagues d'ici, vaut mieux les regarder en face, à l'air libre, plutôt que de les ressentir dans son estomac. C'est souvent elles qui gagnent, ma foi.

— Oh, merci, mais ne vous inquiétez pas, j'ai l'habitude.

Après tout, j'ai fait du canoë le long de la Dordogne quand j'avais vingt ans, avec Hervé, et ça s'est très bien passé.

— Si vous l'dites...

Il finit de rouler une cigarette, la colle entre ses lèvres et disparaît dans l'escalier qui mène au pont supérieur.

Je sors mes écouteurs, les connecte au Bluetooth de mon téléphone et lance ma playlist intitulée « Zénitude ». C'est décidé, plus personne ne me dictera ma conduite, encore moins un illustre inconnu. Je vais sortir du *Kuzheol* fraîche et pimpante, et mon sourire sera un doigt d'honneur à ce marin de pacotille.

La clameur assourdissante des moteurs couvre la musique qui se déverse dans mes oreilles. Je me rapproche de la vitre blanchie par le sel marin et augmente le son pour étouffer mes émotions.

Jasmine Thompson me murmure que le monde est fou tandis que le *Kuzheol* largue les amarres. Par les vitres, je vois le quai et l'occasion de changer d'avis s'éloigner doucement. Les pêcheurs du bout de la jetée deviennent des silhouettes. Mon cœur subit une embardée. Il a certainement besoin de temps pour s'acclimater aux vibrations.

Piste suivante dans mes tympans. Birdy voudrait que « People Help The People », et comme elle, j'aimerais que quelqu'un m'aide. Mon sandwich de ce midi devait contenir un aliment avarié. Le goût de la mayonnaise remonte dans mon œsophage. Si je ferme les yeux, ça s'estompera sûrement.

Côté musique, Ludovico Einaudi prend le relais. Côté cœur, il serait préférable que je rouvre les paupières. Je n'ai pas le mal de mer. J'éprouve simplement l'envie urgente de monter admirer le paysage. Maintenant. Après tout, l'itinéraire fait partie du voyage.

Place à une mélodie de Joffrey Gabriel. « Si le temps s'arrêtait », ma préférée. Cette fois, le titre n'est pas représentatif de mon état d'esprit. Je balance mon sac sur mon épaule et m'extirpe de mon siège, en me cramponnant à chaque dossier. Je ne vais pas vomir là, ce serait donner trop d'importance au vieux marin. Je grimpe les escaliers en retenant mon souffle à chaque nouvel assaut des vagues.

Je me laisse tomber sur un banc en bois, à l'avant du *Kuzheol*. Comment on appelle ça ? La poupe ? La proue ? On s'en fout ! J'avale une grande goulée d'air. Une autre. Les palpitations de mon cœur perdent en intensité. Le métronome de mon estomac se radoucit. Il tangue légèrement moins que le bateau. Le vieil homme m'adresse un clin d'œil triomphant. Ma mauvaise foi le laisse gagner la partie, tant pis.

Si le temps s'arrêtait reprend tout son sens.

Le vent me fouette le visage et envoie valser ma capuche et mes cheveux. L'air frais me revigore, et les paillettes de soleil qui rebondissent à la surface de l'eau s'incrustent dans mes pupilles. Je sors mon téléphone de ma poche et prends une photo. Je profite d'avoir de la 4 G pour me connecter à Internet. Je tape l'adresse du forum de discussion sur lequel je suis inscrite depuis des années, et scrolle du bout de l'index jusqu'à trouver le sujet de discussion que je cherche. Le « C'est ici que ».

Je télécharge la photo et y ajoute une légende qui tirera un sourire aux autres membres : « C'est ici que... j'ai failli rendre mon déjeuner. »

Ce forum axé sur la santé m'a bien souvent permis de ne pas sombrer. Je m'y étais inscrite quand j'essayais de tomber enceinte et que les doutes sur mes compétences en tant que future maman m'assaillaient. Bien vite, j'ai malheureusement bifurqué vers la section « fausse couche ». Dans ce lieu virtuel, on est toutes des anonymes. Il n'y a pas de classe sociale, de catégorie socioprofessionnelle, d'âge ou de physique plus ou moins ingrat. Il n'y a pas de poids. On peut y inventer qui on est, mais pas ce qu'on vit. Il n'y a que des femmes qui, derrière des pseudos plus ou moins réfléchis et des avatars plus ou moins réels, souffrent, espèrent, réussissent, échouent, abandonnent ou persévèrent.

Au milieu des multiples sujets, sérieux ou pas du tout, le fil de discussion « C'est ici que » nous permet de nous situer émotionnellement, sans avoir besoin de nous épancher. On poste une photo du paysage qui nous fait face. Le texte qui l'accompagne représente le sentiment de l'instant, la révélation, la honte ou la fierté. Habituellement, elles ont droit à des photos du mur de mon salon ou de la porte des toilettes. J'espère qu'elles noteront l'effort pour le changement de paysage.

Les réactions fusent dans l'instant. Certaines sont connectées vingt-quatre heures par jour. « Chanceuse », « Profite », « Génial ! », « LOL »... Elles ignorent pourquoi je pars, ne sont même pas au courant que mon mari m'a quittée, parce que j'avais trop mal pour l'avouer, mais nombreuses sont celles qui aimeraient être à ma place. Oublier son quotidien pendant quelques heures. Se sentir fière d'accomplir quelque chose, malgré la douleur persistante et ce trou béant à la place du cœur.

Devant l'étendue scintillante qui m'éblouit jusqu'à l'âme, je prends conscience que même si c'est une vieille photo et l'absence d'empathie de ma mère qui m'ont poussée dans cette aventure, j'ai suivi mon instinct. J'ai failli à plusieurs reprises renoncer, mais je suis bel et bien partie. Une gouttelette salée s'échoue sur ma lèvre, je l'attrape du bout de la langue. Elle ne vient pas des embruns, mais de ma fierté.

Prise dans mon admiration de l'océan, je perds la notion du temps.

Je réagis à peine lorsque le *Kuzheol* fait une halte pour libérer ses passagers à Tienez, puis à Kervolan. Même les manœuvres du capitaine ne me provoquent pas de haut-le-cœur. La musique, associée aux roulis du bateau, parvient à me bercer.

Enfin, Broavel apparaît. On dirait vraiment un rocher perdu au milieu de l'eau. Souffle coupé. Le soleil décline doucement et l'île est auréolée de lumière. Un sanglot s'étouffe dans ma gorge sans que j'en comprenne la raison. Je ne cherche pas à analyser. Ces derniers temps, même la vue d'un caillou peut me faire pleurer.

8

Je longe la passerelle, remercie l'équipage du bout des lèvres et pose les pieds sur la terre ferme. Enfin. Je titube sous le poids de mes bagages quand le vieux loup de mer récupère ma grosse valise d'une main, comme si elle ne pesait rien. L'image me colle des frissons : il vient de soulever sans effort tout ce que ma vie contient de matériel, à l'exception de mes livres et de mon ordinateur que j'ai préféré laisser chez mes parents. La métaphore est parlante : ma vie est d'une légèreté affligeante. Je lâche un soupir, puis me dépêche de trottiner derrière lui en observant sa dégaine. Bonnet rouge duquel s'enfuient de grosses touffes de cheveux blancs, chemise à carreaux élimée, bretelles vertes qui retiennent un pantalon trop grand à la taille et feu de plancher, chaussettes dépareillées. La *fashion week* peut aller se rhabiller. Lorsque le chemin devient à peu près plat, il s'arrête et m'adresse un sourire aussi lumineux que ses yeux bleus. Ma cage thoracique s'emplit de gratitude. L'habit ne fait pas le marin. C'est un brave homme.

— Heureusement pour votre cœur, on a eu droit à une mer d'huile, me révèle-t-il avec l'air d'y croire réellement.

Je gomme mentalement le passage sur la gratitude, et marmonne entre mes dents :

— Oui, c'était une traversée formidable.

Il lâche un rire rauque en notant la pointe de sarcasme, puis lève sa main :

— J'vous hèle un taxi, gente dame ?

Mes yeux s'écarquillent.

— Je pensais qu'aucune voiture ne circulait sur l'île...

— Qui a parlé de voiture ?

Du bout d'un index malmené par les années et le vent, il me désigne un amas de charrettes collées les unes aux autres. Il y en a bien une quinzaine. Des remorques modernes, des derniers cris estampillées du logo d'une enseigne de sport, et des antédiluviennes, au bois rongé par l'humidité et qui ne doivent plus rouler bien droit.

Intriguée, je l'interroge :

— Elles sont en libre service ? Ou faut-il les louer quelque part ?

Je regarde autour de moi, mais ne distingue aucune paillote « location de remorque ». Le vieil homme part dans un éclat de rire qui se solde par une quinte de toux. Je croise les doigts pour que mon trait d'humour involontaire ne le tue pas.

— C'est le parking à charrettes, elles appartiennent toutes à quelqu'un, annonce-t-il une fois calmé. Mais j'vous propose d'emporter vos affaires jusqu'à votre lieu de vacances.

— Oh, c'est gentil, mais ça devrait aller, ma valise a des roulettes, et...

— Des roulettes sur ce chemin ? Ça va pas être possible. Je vous assure. Vous allez où ?

— L'endroit s'appelle les « Oisillons ». On m'a expliqué que c'était à gauche en sortant du port, il suffit de monter...

— Raison de plus pour que je t'y accompagne. C'est pas la route la mieux bitumée du quartier. Lève les yeux. Tu vois la bâtisse blanche en haut de la côte, droit devant toi ?

J'acquiesce, sans me formaliser du passage au tutoiement :

— Effectivement, c'est haut.

— Bah, c'est pas là, mais trois cents mètres plus loin.

Un son guttural jaillit de ma gorge, mélange de rire et d'étouffement.

— M'y conduire ne vous dérange pas ? Vous n'avez rien de plus urgent à faire ?

En guise de réponse, mon sauveur récupère une charrette qui a sûrement dû être pimpante il y a environ trente ans, et y lâche ma valise.

— On est à Broavel, m'explique-t-il en récupérant mon sac à dos et mon cabas. Y a rien d'urgent, tu t'en rendras vite compte. Y a rien d'urgent et tout le monde se tutoie, d'accord ? Moi, c'est Victor. Et toi ?

Je me présente tandis que nous entamons l'ascension du chemin poussiéreux. Du coin de l'œil, je vois Victor pousser sa remorque et une once de culpabilité s'empare de moi. Il doit avoisiner les soixante-quinze ans. Ce n'est pas à lui de se casser le dos à porter les vestiges de mon passé, sans compter la montagne de tablettes de chocolat ajoutées avant de partir pour combler les moments de déprime qui ne tarderont pas, j'en suis sûre, à se rappeler à mon mauvais souvenir. Je n'étais pas certaine de trouver du chocolat blanc à la noix de coco, donc j'en ai apporté un peu. Beaucoup. Trop.

Je lui propose mon aide :

— Vous voulez... enfin, tu veux que je pousse un peu la charrette ?

— Tu donnerais le volant de ta voiture à n'importe qui ? bougonne-t-il avec un sourire en coin.

— Eh bien, sûrement que non, mais...

— Alors passe d'abord le permis charrette, et on en reparle.

J'ignore le ton ronchon et pouffe de rire.

— Je pourrais peut-être faire charrette accompagnée ? dis-je en espérant qu'il comprendra ma boutade.

Il rit et me décoche un coup de coude qui me fait presque perdre l'équilibre. Je n'en demandais pas tant.

— Pourquoi pas... mais maintenant, je serais toi, j'arrêterais de causer. Garde ton souffle pour la montée, et admire.

Décidément, Victor ne donne pas de conseils à la légère. Le paysage est magnifique, je m'arrête régulièrement pour le contempler et respirer les embruns... et surtout pour m'octroyer des pauses salutaires, l'air de rien.

Vu du port, j'imaginais le bout de l'île à un claquement de talons. Erreur d'appréciation des distances. Mes talons me font d'ailleurs tellement mal que je risque d'être amputée des deux pieds avant de franchir la ligne d'arrivée.

— Je l'avais bien vu que t'étais de la ville, annonce Victor alors que je m'arrête une nouvelle fois pour chercher mon souffle, apparemment resté sur le port en compagnie de ma dignité. Qu'es-tu venue chercher à Broavel, Charlène la citadine ?

Ce n'est pas une question pour alimenter la conversation. Victor semble persuadé qu'on ne peut accoster l'île qu'avec une quête précise, et il attend que je lui énonce la mienne. Mon cerveau mouline à toute allure. Si ce vieil homme sec aux cheveux en bataille vit ici depuis longtemps, il a peut-être connu ma mère.

Peut-être que je pourrais...

— Je suis là pour un projet d'écriture.

Je préfère mentir, et maintenir la version donnée hier à la gérante des Oisillons. Avant d'interroger les gens, j'ai besoin d'apprendre à les cerner.

Un léger tremblement de ses paupières m'indique que ma réponse l'a surpris – ou que je mens mal –, mais il se ressaisit aussitôt :

— Alors tu es au bon endroit, affirme-t-il. Faudra que tu rencontres Véra.

— Euh... d'accord. Qui est Véra ?

— Véra, c'est notre Amazone. Avec un « e » à la fin, pour la dissocier de son homophone masculin qui n'a pas encore trouvé le moyen d'aborder l'île. Que Dieu ou celui qui peut nous en préserve ! Véra est l'infirmière de Broavel, mais c'est aussi notre libraire-bibliothécaire. Quand elle se rend sur le continent, elle en profite pour commander des guides, des bandes dessinées, des romans. Ensuite, elle débarque avec une caisse pleine, qu'elle trimballe lors de ses consultations ou au Repaire, et elle détermine quel bouquin va nous plaire. Un peu de la même façon qu'elle nous refourgue ses médicaments. Elle appelle ça le cercle littéraire, mais en réalité, elle nous force à l'achat. Et vu son caractère, ma foi, on obtempère. Elle se trompe rarement sur nos goûts, ceci dit.

Je ris, pressée de découvrir l'Amazone et son pouvoir de persuasion.

— Et le Repaire, c'est quoi ?

— C'est le cœur de Broavel. C'est l'épicerie, le bar-tabac, la boulangerie, le club de belote, la bibliothèque. Le confessionnal parfois, contre notre gré, en général. Le lieu où on se réunit, où on débat.

— Tu habites là depuis longtemps ?

— Les années défilent à la vitesse des jours. Une semaine, cinq décennies… c'est kif-kif.

— Et tu connais tout le monde ?

— En tout cas, tous ceux qui vivent ici à l'année, et les quelques saisonniers qui ne prennent pas notre caillou pour le Club Merde et qui ne donnent pas du fil à retordre à la population. De toute façon, les autres… ils ont tôt fait de déguerpir !

— Y a-t-il des faux pas à éviter pour être plus facilement acceptée ?

— Préserve la nature et le calme des lieux, et ce sera dans la poche. Mais si j'avais un conseil à te donner, ce serait d'éviter de poser trop de questions. Les Broavéliens n'aiment pas qu'on les prenne pour des bêtes curieuses. On vit sur une île, pas dans un zoo !

Je me congratule de n'avoir pas parlé de ma mère tout de suite. Quand Victor s'arrête, je lève les yeux et reconnais le bâtiment de la photo.

— Voilà la citadine. Tu es arrivée ! Je te laisse ici, ça va aller ? me demande-t-il en déchargeant sa vieille charrette.

— C'est super, merci Victor. Peut-être à bientôt ?

— Je n'ai aucun doute là-dessus !

Il a à peine fini sa phrase qu'il repart en sifflotant. Comme si on ne venait pas de se faire l'équivalent d'un semi-marathon.

9

Je me tiens immobile devant une vieille balançoire, ne sachant trop comment annoncer mon arrivée, lorsqu'une femme au chignon poivre et sel, emmitouflée dans un grand châle en laine gris, apparaît au bout de l'allée qui longe les Oisillons. Elle avance dans ma direction, entourée d'un groupe de poules qui la suit comme si elle était la cheffe de meute, et les éloigne d'un coup de torchon tandis qu'un large sourire illumine ses traits.

— Tu dois être Charlène ! Bienvenue aux Oisillons !

— Bonjour, madame !

— Ah non ! s'écrie-t-elle sur un ton faussement offusqué. Oublie le « vous » et le « madame ». Moi, c'est Jeanne. J'ai soixante-six ans, pas cent deux. À chaque vouvoiement, j'ai l'impression d'avancer un pied vers la tombe. La traversée a été bonne ? J'ai vu que Victor avait joué les guides touristiques. Ce bougre est reparti en goguette au lieu de m'aider pour le dîner.

Noyée sous le flot d'informations, je ne sais plus laquelle mérite mon attention.

— Victor vit ici ?

— À ce qu'il paraît, oui. Principalement pour commencer mille projets qu'il ne finit jamais et pour mettre les pieds sous la table, quand il y pense ! Même si, comme tu l'auras constaté, ajoute-t-elle avec coquetterie, ce vieux machin a au moins mille ans de plus que moi, c'est mon cher et tendre époux.

J'ai bien remarqué une différence d'âge, mais je préfère changer de sujet. J'embrasse le domaine du regard et lâche un soupir d'admiration :

— C'est un merveilleux endroit. Il y a fréquemment des locataires ?

Vu la difficulté pour la joindre, je doute que Jeanne soit débordée. Les Oisillons était noté comme l'unique chambre d'hôtes de l'île, mais ne possède ni site Internet ni référencement sur quelque plate-forme que ce soit. C'est en appelant la compagnie maritime que j'ai réussi à obtenir le numéro.

— Ça va, ça vient, élude Jeanne. On n'a pas de grandes ambitions, remarque... On accueille simplement ceux qui en ont besoin. J'espère qu'on pourra continuer ainsi...

Ses derniers mots sont étouffés, comme si elle se parlait à elle-même.

Je tique :

— Comment sais-tu qui en a besoin ?

— Je le sens, annonce-t-elle en chassant d'un coup de torchon dans les airs une mouche imaginaire et des miettes d'émotion. Quand tu as appelé hier après-midi, par exemple, j'ai compris que cet endroit te serait bénéfique. Pas forcément de la façon que tu l'imagines, mais ça... c'est ton histoire.

Je fronce les sourcils, dubitative, en me remémorant notre conversation. Prise entre l'angoisse qu'il n'y ait pas de place et celle qu'il y en ait, je n'ai pas été très loquace au téléphone. J'ai simplement avancé l'hypothèse d'une retraite d'écriture, sans réussir à me convaincre moi-même.

Jeanne me fixe et continue son monologue :

— Aux Oisillons, on accueille deux types de visiteurs. Ceux qui ont besoin d'inspiration, et ceux qui ont besoin de respiration. Les premiers écrivent des romans, des essais, des poèmes. Les seconds débarquent avec leur vie en brouillon et s'offrent une page blanche avant d'entamer un nouveau chapitre de leur histoire. Les premiers admirent les puzzles qui sont sur l'étagère de la cuisine, mais sans vouloir les faire pour ne pas perdre de temps. Les autres, ils arrivent avec leur vie en pièces, et ils essaient de recoller les morceaux. Mais tous ont en commun leur volonté de construire quelque chose, et sont pourvus d'une immense sensibilité. C'est cette sensibilité que j'ai sentie dans ta voix, dans tes hésitations. Alors, à quelle catégorie penses-tu vraiment appartenir ?

L'embarras me gagne. Sous le regard de Jeanne, je me sens mise à nu, et je m'aperçois que je n'ai finalement peut-être pas besoin de travestir la vérité. Ma vie s'est fissurée maintes fois avant de se fracasser en mille éclats, et j'ai égaré le modèle du puzzle il y a bien longtemps.

Je sens les larmes monter et tente de les refouler en inspirant et en faisant un trait d'humour, mon torchon à moi pour lutter contre les signes d'émotion :

— Eh bien, je n'ai jamais été assez patiente pour faire des puzzles...

Jeanne n'est pas dupe. J'ai l'impression d'avoir laissé ouvert le livre de mon âme sur sa table de chevet. Je frissonne. Elle saisit mes mains dans les siennes, ferme les yeux quelques secondes, puis affirme :

— Tu vis une phase compliquée, Charlène. Je ressens tes tempêtes et tes tourments. Mais tu es forte. Ça va aller.

Les lèvres serrées, je me contente d'acquiescer. Si j'ouvre la bouche, mes larmes vont couler, et aucun coup de torchon ne pourra les arrêter. L'hôtesse des Oisillons me caresse la joue furtivement, du bout des doigts.

— Prends ton temps. Souffle, respire, admire, et laisse Broavel s'occuper du reste. Tu ne seras plus la même en repartant. Et puis, si t'as besoin de pleurer, laisse les vannes s'ouvrir. Tu connais le proverbe : chiale, tu pisseras moins. Honnêtement, c'est pratique quand on fait le tour de l'île de pas avoir à se vider la vessie.

Elle considère mon rire nerveux comme une réponse satisfaisante.

— Bien. Je vais te laisser t'installer, reprend-elle. Là, c'est la bâtisse principale. Au rez-de-chaussée se trouvent la cuisine et le salon. À l'étage, c'est notre espace à Victor et moi, ainsi qu'à Zélie, notre petite-fille, qui vit avec nous lorsque son papa travaille sur le continent. Tu la reconnaîtras facilement, elle court tout le temps !

J'apprécie ce retour à la normale et je suis reconnaissante à Jeanne de ne pas insister. Je hoche la tête tandis qu'elle continue ses explications :

— Devant toi, commente-t-elle en désignant cinq maisonnettes qui jouxtent la grande maison, ce sont les logements indépendants. Je t'ai préparé l'Ancre bleue. Comme son nom l'indique, c'est la maison avec la porte bleue. C'est la plus proche de l'océan. Les autres sont en ce moment occupées par Félicie et Jonas. Les dernières attendent encore leurs oisillons. Tu y trouveras une cuisine modeste mais fonctionnelle et les produits de première nécessité. Tu peux faire quelques courses au Repaire. Tu manges avec nous ce soir ?

— Oh, eh bien... le voyage m'a exténuée, je...

— Aucune obligation, Charlène, m'interrompt Jeanne en me voyant chercher des excuses. En revanche, tu es cordialement invitée demain, à 20 heures, tu pourras ainsi rencontrer les autres locataires !

10

Le convoi de volatiles m'escorte jusqu'à la porte bleue en piaillant à qui mieux mieux. « T'es chez nous ! » semblent préciser les poules, tout en me donnant la désagréable sensation de me jauger avant d'aller cancaner sur moi plus loin. À moins qu'elles me racontent les commérages de l'île ?

Je me fatigue toute seule. En réalité, ce sont simplement des poules, et il faut que j'arrête de tenter une traduction.

Je pose ma valise à côté du paillasson, sur lequel un dessin de Bigoudène me souhaite la « *Degemer mat** ». La porte d'entrée grince un peu moins fort que mon appréhension. J'ai du mal à me raisonner, je n'aime pas le changement. La routine est une mélodie rassurante.

Je lève les yeux sur l'intérieur de mon logement. C'est propre et très lumineux. C'est blanc, bois et bleu. Je suis cernée par les bateaux. Il y en a à peu près partout. Sur les murs, sur les rideaux, sur le plaid qui recouvre le canapé, sur le rideau de douche et dans les escaliers qui

* « Bienvenue » en breton.

mènent à la mezzanine. Le musée de la Marine n'a rien à envier à ce lieu. Le seul endroit qui a été épargné est l'abattant des toilettes. Je regrette. L'illustration représente un poisson qui essaie de sauter hors de la cuvette. J'attrape mon téléphone pour partager cette image.

« C'est ici que je vous lirai chaque matin. »

J'ouvre la fenêtre pour aérer, puis range mes affaires. Quand chaque chose a plus ou moins trouvé sa place, je m'installe sur le lit et survole les réponses à mon post :

« Oh purée ! Le temple du kitsch ! »

« Celui qui a inventé cette chose est né après le bon goût ! »

« Et le reste ? »

« Comment tu te sens ? »

Les messages émanent de filles aux profils divers et variés. Certaines sont là depuis de longs mois, d'autres depuis quelques semaines à peine. Je suis une des plus anciennes, peut-être même la doyenne. En général, dès qu'elles tiennent contre elles leur bébé, elles quittent le navire. Comment leur en vouloir ? On ne s'inscrit pas sur ce genre de site pour se trouver des amies pour la vie, mais un soutien, des conseils, de l'espoir à un instant T. Pour relâcher la pression ou pour s'évader. Cela me convient, parce que je me sens préservée. Je peux décider à tout moment de ne jamais y retourner. Certaines se poseront quelques questions, me contacteront en privé, et puis passeront à autre chose. À part quelques amitiés qui naissent au hasard des rencontres virtuelles, aucune de nous ne cherche réellement à savoir qui sont vraiment les autres. Ce qui importe, c'est qu'on rencontre toutes plus ou moins les mêmes obstacles en chemin, et qu'on tende toutes vers le même objectif.

Je réponds à MumInMyDreams85 :

« Je suis dans une cabane au milieu de rien. Ça sent l'humidité, ça ressemble à une maison de poupées du siècle dernier, c'est aux antipodes du mignon et du bien lissé. Pinterest me bannirait si je tentais de mettre des photos sur mon compte. Heureusement que je n'ai pas Pinterest ! Mais bizarrement, je me sens dans un cocon rassurant. Je vous envoie bientôt des photos de la mer pour vous faire rêver. Bisous. »

Je quitte la page Internet et inspire profondément. J'entends le bruit des vagues au loin. Et si j'allais effectivement voir l'océan ?

Je parcours une centaine de mètres et arrive en haut d'une côte. Elle conduit sur une plage aux allures de Tahiti, les palmiers et la chaleur en moins, l'odeur des immortelles des dunes en plus. Je me retiens pour ne pas courir, en me rappelant que mes genoux ne supporteraient pas mon poids.

Pas après pas, j'avance en me délectant du paysage. Je retire mes baskets, mes chaussettes et enfonce mes pieds dans le sable. Il est doux et étonnamment tiède, malgré le vent frais de ce début de soirée. À moins que ce ne soit mes pieds qui soient glacés. Le ciel s'est teinté de rose et de violet. C'est tellement beau que ça me donne à nouveau envie de pleurer.

Je relève mon jean et ose un orteil dans l'océan en retenant un cri. D'un mouvement de pied, j'expédie des gouttelettes d'eau salée dans les airs, avant de vite m'éloigner pour ne pas me faire éclabousser. Je sens des bulles de bonheur exploser dans mon ventre. J'ai envie de rire et de danser. J'exécute une chorégraphie ridicule. Je tourne sur moi-même pour vérifier que personne n'assiste à ce spectacle honteux et me fige tout à coup. Sur une toile de ciel rosé, mon unique spectateur me remercie d'une *standing ovation* silencieuse. Mais quel public ! Il s'agit d'un phare qui trône au milieu de l'océan, à une vingtaine de mètres de la plage. Je n'en avais jamais vu ailleurs que sur la terre ferme. Construit sur un rocher entouré par les vagues, il est totalement inaccessible, comme s'il devait se préserver des éléments pour mieux protéger en retour.

Les battements de mon cœur s'accélèrent. Depuis l'enfance, je suis attirée par ces tours lumineuses, qui, dans mon Essonne natale, ne sont pourtant pas légion. Sa place au milieu de l'eau lui confère une apparence encore plus majestueuse. Mystique, presque. Je me vois nager jusqu'à lui et grimper à son sommet pour découvrir l'île de là-haut. Qu'est-ce que j'aimerais ! Évidemment, je suis lucide. On est en mars, en Bretagne, l'eau doit avoisiner les dix degrés et je ne suis pas une assez bonne nageuse pour y accéder. En plus, je souffre du vertige. Monter sur un tabouret me provoque des sueurs froides. Mais le fait de m'imaginer le faire me plaît.

Je retire mon blouson, l'accroche autour de ma taille et m'assois sur le sable.

Il y a quelques semaines, j'ai vu circuler sur les réseaux sociaux une espèce de chaîne des temps modernes. Il fallait écrire un statut commençant par « Tout plaquer et... » puis laisser son correcteur orthographique de téléphone finir la phrase. J'ai toujours été friande de ce genre de frivolité, et curieuse de découvrir le résultat, alors j'ai joué. Je m'attendais à une fin drôle, du genre « tout plaquer et faire du ski en bikini », « tout plaquer et embrasser un ours polaire »… Mais apparemment, le clavier intuitif est relié au quotidien, puisque je n'ai pu écrire que « tout plaquer et aller chercher le pain ». Ce n'était pas drôle. C'était juste ma vie.

Finalement, le destin s'est amusé à rétablir l'équilibre puisque me voilà à Broavel.

Il y avait longtemps que je n'avais pas laissé mon esprit flotter librement.

Je sors mon téléphone et poste une photo sur mon forum :

« C'est ici que j'ai décidé de tout plaquer et de recommencer à rêver. »

11

15 mai 1986

Il y avait les jours baignés de rayons de lumière, et ceux où même la lecture du journal ne parvenait pas à faire relativiser sa mère. Aujourd'hui était une journée sans. Une journée à faits divers.

La veille avait accueilli moins d'ombres que de lueurs. Irène en avait profité pour rejoindre des camarades de classe en ville. Pas vraiment des amies, mais des gens qui lui permettaient, l'espace de quelques heures, d'avoir dix-sept ans et pas de mère à charge. Le genre de sortie qui lui donnait l'impression d'être normale, selon sa conception de la normalité, elle qui ne l'avait guère côtoyée.

Elle avait passé un agréable moment. Elle avait même bavardé avec un beau garçon d'une vingtaine d'années qui l'avait accostée au comptoir. Elle avait apprécié l'attention qu'il lui avait prodiguée. Avant qu'elle parte, il avait demandé à la revoir et lui avait donné rendez-vous. Son cœur avait cogné un peu plus fort. Elle avait accepté.

Quand elle était rentrée, elle avait trouvé sa mère allongée sur le tapis élimé du salon, sanglotant au milieu de débris de verre.

La situation avait beau être familière, plus elle grandissait, plus elle se rendait compte qu'elle n'en était pas pour autant légitime. Elle aurait aimé avoir la force d'emmener sa mère chez un médecin, ou même un spécialiste. Mais comment la convaincre ?

Elle avait toujours vu Catherine osciller entre le haut et le très bas. La tête dans les étoiles ou au fond du gouffre. Quand Irène était petite, ils étaient quelques-uns à l'entourer. Et puis l'entourage, lassé des pleurs et des crises d'angoisse, s'était tari. Irène avait intégré l'idée que la tristesse, il fallait s'en méfier. Ça devait être contagieux. Il n'y en avait qu'une qui était restée, malgré les crises. Mais Irène n'aimait pas la solliciter. Chacun sa vie, chacun ses soucis.

Elle s'approcha du lit, réajusta l'oreiller, caressa les cheveux de sa mère.

Un peu de lecture, maman ?

Catherine émit un faible gémissement. Elle prit ça pour un oui.

Les faits divers ne s'étaient pas foulés aujourd'hui.

Rien ne sortait de l'ordinaire.

Elle tourna une page du bout de son index. Puis une autre. Cligna des yeux. Là, en noir sur blanc, une offre d'emploi singulière se démarquait, rayon de soleil au milieu du ciel gris. Un signe envoyé par le destin. Le genre d'occasion qui ne se présenterait pas deux fois.

L'article, plutôt court au demeurant, et qu'elle aurait raté s'il y avait eu un gros accident sur la page précédente, parlait d'un «enfant du pays» qui avait injecté toutes ses économies dans une minuscule île en Bretagne, une dizaine d'années auparavant. Une photo en noir et blanc montrait un homme posant devant une bâtisse à moitié délabrée. Victor Tolbi. Son domaine, les Oisillons, accueillerait un groupe d'adolescents qui n'avaient pas la chance de sentir les embruns le reste de l'année. Ils travailleraient avec lui à la réparation de maisons en échange du gîte, du couvert et de journées de congé à ramasser les coquillages et à sauter par-dessus les vagues. Les candidatures étaient à envoyer au journal qui transmettrait.

Le ventre d'Irène se contracta. Un sourire se dessina sur son visage tandis que ses mains devenaient moites. Joie, angoisse ? Les émotions se heurtaient dans sa tête.

Cet article, c'était une piste à suivre. Une solution, peut-être.

Irène réfléchit, pesa le pour et le contre. Se projeta. Si elle était acceptée, il lui faudrait abandonner sa mère pendant tout l'été. Elles ne s'étaient jamais quittées plus de quelques heures. Elle aurait besoin de Nathalie, la dernière amie qui persistait à prendre de leurs nouvelles et à proposer son aide. Néanmoins, elle était convaincue que le jeu en valait la chandelle. Elle sortit une feuille, un stylo-plume.

Elle vérifia que sa mère avait regagné un monde duquel Irène était exclue. Celui des souvenirs au milieu de la brume. Elle garderait cette missive secrète pour l'instant. Elle ne souhaitait pas provoquer de faux espoir ou de profonde tristesse. Mais si sa candidature était acceptée, elles auraient quelque chose à fêter.

Son départ pour Broavel.

12

Mercredi 9 mars 2022

Un boucan de tous les diables me tire de mon sommeil. Hagarde, je déverrouille l'écran de mon téléphone. Il est 7 heures du matin. Pour moi, cela s'apparente à une grasse matinée.

Il me faut quelques secondes pour me remettre les idées en place. C'est toujours la phase du réveil qui est la plus compliquée à gérer. Et depuis qu'Hervé m'a quittée, c'est pire. Il y a d'abord l'angoisse qui me sort du sommeil. Celle-là, j'y suis habituée. C'est un abonnement sans résiliation possible. Chaque jour, elle m'érafle le cœur, ravive la douleur. Ensuite, vient le retour à la réalité, celui où je suis encore dans ma vie. Mariée. Et bam. Je réalise. C'est comme si j'étais en haut d'un escalier et que je tombais. Ma chute s'arrête quelques marches plus bas, je peux presque me relever, et je tombe à nouveau. Combien d'étages compte la maison des désillusions ? Beaucoup trop.

Ce matin, pourtant, la chape de plomb est plus légère. Je suis toujours une future divorcée, mais plus dans ma chambre d'enfant. Je suis dans une maisonnette sur une minuscule île bretonne. L'Ancre bleue. Je me suis débarrassée du débarras. J'ai cessé de prendre sur moi pour prendre en main mon destin.

Le jour a empli la pièce sans que cela n'agisse sur mon sommeil, mais le soleil n'est pas tout à fait levé. Je regarde par la vitre afin de déterminer l'origine du bruit. C'est une course poursuite entre une poule et un chien qui trouble le calme des Oisillons. Je m'esclaffe, puis m'inquiète. Peut-être que la poule est en danger, que le chien va la bouffer ? J'ouvre la fenêtre pour le faire fuir et sauver les fesses de la poulette.

Je m'apprête à crier lorsque la scène m'apparaît complètement. J'éclate de rire. En réalité, la poule joue en attaque, et le pauvre chien se sauve comme il peut. C'est le monde à l'envers, ici. Et je dois admettre que, aussi bizarre que cela puisse paraître, j'apprécie.

Je me lève, branche la bouilloire et m'habille sommairement. Quand le ronron de l'eau qui chauffe se met en route, je comprends tout à coup en quoi le silence m'a perturbée : il n'y a pas de voiture sur l'île, et par conséquent aucun bruit auquel mes oreilles sont tellement habituées qu'elles ne l'entendent plus. Mon cerveau, lui, a percuté avant moi que quelque chose détonnait.

Je remplis ma gourde d'eau chaude, y ajoute un sachet de thé, attrape une serviette de plage et sors dans l'air frais du matin.

Je marque, comme hier, un arrêt en haut de la côte. On se croirait au paradis. L'eau est d'abord bleu clair, puis turquoise et enfin bleu foncé en arrivant vers les profondeurs. Le soleil se dresse fièrement, régénéré par une nuit réparatrice. Il pare l'océan de milliards de paillettes qui m'éblouissent autant qu'elles me subjuguent. Le phare se dresse, indomptable. J'installe ma serviette sur le sable, enlève le bouchon de ma gourde et déguste mon thé du matin face à l'immensité de l'océan. Fascinée, je l'observe virevolter au gré du vent et du soleil qui grimpe dans l'azur du ciel.

Ce moment me prouve que parfois, tout peut être simple. Sans *si* ni *peut-être*, sans *mais* ou *cependant*. J'en oublierais presque pourquoi je suis venue, et ma quête se révèle tout à coup bien plus futile que lorsque je suis partie. Presque dérisoire. Je pourrais tout aussi bien profiter de ces quelques jours pour réfléchir à ma vie, pour profiter de la tranquillité des lieux, et repartir ensuite chez moi, revigorée et parée pour un nouveau départ.

Mon téléphone émet une vibration. Je le sors et découvre un message d'Hervé :

« Visite de la maison vendredi, à 14 heures. Tu peux t'en charger ? »

C'est toujours quand on avance vers l'avenir que le passé nous fait un croche-pied.

Mon cœur dégringole les escaliers.

Depuis quand sommes-nous devenus des étrangers, même pas capables d'échanger les formules élémentaires de politesse ? Comment passe-t-on d'un « Je t'aime à la folie » à cette sourde indifférence ? Il a fugué de notre vie, et maintenant, il attend que ce soit moi qui ouvre la porte aux remplaçants de la maison qui aurait dû accueillir nos enfants. Lui, il ne peut pas. Lui, il a un travail, des responsabilités. Un enfant à naître. Moi, je n'ai rien.

Dans mon ventre, l'agacement se transforme en indignation. Je ne mérite pas son mépris.

Lorsque Hervé est entré dans ma vie, j'ai eu le sentiment de devenir importante. Plus forte. Seule, je n'avais jamais brillé. J'étais une jeune femme insignifiante, qui ne savait pas vraiment où elle allait. Mais avec quelqu'un qui m'aimait, je gagnais l'autorisation de m'épanouir. On était deux, et cela suffisait à me donner une consistance, comme un ballon de baudruche qui prend vie quand on souffle dedans. Hervé était mon air. Il me permettait de gonfler mon assurance, ma confiance en moi. Ma première fausse couche nous a percutés mais nous nous sommes relevés, ensemble. Les suivantes, loin de nous unir davantage, ont peu à peu créé le fossé. Plus je me renfermais sur moi-même, plus Hervé prenait l'avantage. Cercle vicieux qui a redistribué les cartes de notre relation sans qu'aucun de nous en ait vraiment conscience. Rapidement, j'ai suffoqué, comme si une aiguille m'avait transpercée. Et l'air s'est échappé. Le ballon s'est rabougri, l'oxygène qui le rendait joli s'est éparpillé dans la nature sans qu'il ait jamais réussi à s'envoler.

Si je n'ai plus aucun espoir quant à notre relation, j'espérais que ce séjour permettrait de colmater le trou, de me regonfler un peu. Mais vendredi, c'est dans trois jours. Est-ce que trois jours me suffiront pour me ressourcer ? Je connais déjà la réponse. Une vie entière ne serait pas assez.

Je pose le téléphone sur ma serviette, souffle sur mes doigts qui commencent à geler. Les rayons du soleil enveloppent doucement le phare de lumière. Il est grand, impérial. Il ne s'en laisse pas imposer. Je devrais prendre exemple sur lui. Prise d'une impulsion, je récupère mon téléphone.

« Désolée, je digère ta trahison. Demande à ta brindille ? »

Mon cœur se comprime et se ratatine comme mon ballon privé d'air. J'efface.

Je me redresse et pousse un cri identique à celui d'un tennisman dans l'effort. Plus fort, le phare aurait tremblé.

Au même moment, une silhouette contourne les rochers. Une jeune femme, en tenue de sport et en baskets, se rapproche, l'air alarmée.

— Tout va bien ? s'inquiète-t-elle en enlevant un écouteur de son oreille.

Morte de honte, je tente de prendre un air innocent et lève mon pouce en l'air :

— Oui, oui, merci !

— Vous avez crié ?

Je regarde autour de moi. La plage est déserte.

— Non.

Elle fronce les sourcils si fort qu'ils se rejoignent presque.

— Ah ? J'ai pourtant entendu un bruit qui m'avait tout l'air d'un appel à l'aide...

Je fais mine de réfléchir.

— Oh, ça ? Ah oui. Haha ! J'avais oublié. J'ai eu peur d'un insecte, mais il s'est... envolé.

Elle hausse les épaules, me prenant sans doute pour une tarée échouée sur la plage, mais me salue et reprend sa course.

Je suis rouge de honte.

C'est moi l'insecte, celui qui craint jusqu'à son ombre et qui se fait dégager d'un claquement de mains. Je vais bientôt avoir trente-cinq ans et mon existence n'est qu'une page de brouillon aux multiples ratures.

Vais-je continuer encore longtemps à regretter, ressasser, me laisser couler ?

Peut-être que l'heure du changement est venue. La semaine dernière, j'ai lu un article de psychologie, sur mon forum. Il y était stipulé qu'il suffisait de vingt et un jours pour qu'un effort quotidien se mue en habitude. Chez moi, et encore plus chez mes parents, je n'aurais jamais pu entamer aucune démarche pour évoluer. Il y a toujours quelque chose ou quelqu'un pour m'attirer inexorablement vers le fond, pour me faire sentir telle une moins que rien. Mais je suis là. Dans un endroit neutre, neuf. Et si mon séjour sur cette île constituait le point de départ d'une vie que je maîtrise ? Et si j'arrêtais d'être l'insecte ?

Grisée par un élan de motivation, je sors mon carnet, arrache une page.

Tout en haut, j'écris : « La vraie Charlène. »

Je m'accorde un temps de réflexion. On ne peut pas gravir plusieurs montagnes en même temps, il ne faut donc pas que je sois trop gourmande, pour une fois. Sinon, je risque de me retrouver dans la même situation que les cent cinquante dernières fois où j'ai décidé de me mettre au sport : au bout de trois jours, j'abandonnerai. Dix résolutions, c'est peut-être excessif. Cinq, c'est un début.

Je dresse une liste :

1. Ne plus me laisser marcher sur les pieds et arrêter de prendre sur moi.

2. Ne plus mentir pour m'en sortir, ni arranger la vérité.

3. Diminuer le chocolat, ne manger que par besoin ou plaisir.

4. Commencer à faire quelque chose que j'aime vraiment : reprendre le dessin ?

5. Ne plus culpabiliser, me moquer du regard des autres…

Je me relis, m'interdis de tout rayer ou de chiffonner la page. Je jette un coup d'œil au phare. Et puis j'ajoute :

Bonus : découvrir qui a été ma mère, et qui je suis moi aussi.

Je récupère mon téléphone et laisse mes doigts courir sur le clavier :

« Pas dispo. L'agence immo a les clés. Vois avec eux ? »

Je vérifie le texte. Souffle. Appuie sur « envoyer ». Frissonne. Souris.

J'ignore si je viens de faire un pas de côté ou de mettre le feu aux poudres, mais j'ai pris une décision.

Je range mon téléphone et ajoute une croix derrière « ne plus se laisser marcher sur les pieds ». Satisfaite, j'admire le soleil s'élever dans le ciel orangé.

13

D'après un prospectus glané à la gare maritime, le tour de l'île se parcourt en une heure à peine. J'en ai mis quatre, et je me suis contentée de suivre le tracé qui entoure Broavel, sans entrer dans les terres. Je me suis souvent arrêtée pour me délecter de la vue, alors j'imagine que je peux être fière de moi.

Plus d'une fois, la nature a réussi à me surprendre, et mon cœur à s'emplir de reconnaissance. Regonflé. Demain, mon corps entier se vengera sûrement des efforts que je lui ai demandé de fournir, loin de son canapé habituel. Je n'ai jamais aimé marcher, encore moins sans but précis. Mais aujourd'hui, cela m'a permis de déconnecter mon cerveau. De m'aérer autrement qu'en ouvrant les fenêtres. De marquer, physiquement, le point de départ de mon changement. L'île est plus sauvage que ce que j'avais imaginé, le vent souffle parfois en rafales qui mettent les goélands en danger, mais le fait de ne pas avoir croisé âme qui vive m'a permis de pleurer tout mon soûl, sans avoir à me forcer pour faire semblant. C'est libérateur.

Quand mes pas me ramènent sur la plage sous les Oisillons, le soleil est parti de l'autre côté de l'île. Je me promets d'aller assister à son coucher avant de repartir. Mon téléphone affiche 18 heures et aucun message d'Hervé. Il doit encore être en train de ramasser sa mâchoire. Je me figure l'étonnement qu'il a dû ressentir, et même si c'est sûrement mesquin et que mon karma me le revaudra, ça me procure une certaine euphorie.

Je m'apprête à remonter vers ma maisonnette lorsque mon regard est attiré par une gamine qui court à en perdre haleine dans ma direction. Elle passe devant moi sans remarquer ma présence et continue sa course folle sur la plage.

Je l'observe, le sourire aux lèvres, quand tout à coup je me rends compte que personne ne l'accompagne. Mes réflexes de citadine reprennent le dessus. Imaginant les dangers, je la hèle en espérant que ma voix couvrira le bruit du vent :

— Hé, petite !

Elle pile net. Son regard montre la surprise de me trouver là. Tandis qu'elle se rapproche de moi, je détaille son look improbable. Elle porte une salopette en jean trop courte et un chandail usé. Des boucles brunes encadrent sa bouille d'ange. La coupe au carré n'a pas été réalisée par un coiffeur, en tout cas pas par un coiffeur compétent. Des traces de confiture maquillent ses lèvres et un trait de peinture bleue zèbre son front.

— Hé, grande ! me répond-elle avec malice.

Je pouffe devant sa repartie.

— Tu as le droit de t'éloigner toute seule ?

Elle me scrute comme si je venais de lui demander qui de la poule ou de l'œuf était arrivé en premier et que de sa réponse dépendait la survie de l'humanité.

— J'suis pas toute seule, assure-t-elle en embrassant le paysage du regard, main en visière sur son front. J'attends Robin. C'est toi qu'es toute seule.

— Je suis toute seule, oui. Mais je suis adulte.

— Mmmm… Tu t'appelles comment ?

— Charlène, et toi ?

— Moi, c'est Zélie. T'es la nouvelle des Oisillons ?

— Comment tu as deviné ?

— Je suis détective privé.

J'étouffe mon rire sous une marque d'intérêt :

— Ah oui ?

— Oui. Mamig m'appelle Inspecteur Zélie. Je sais tout ce qui se passe, et je peux lui raconter, même si elle aime pas les ragots. Mais j'y peux rien. J'enregistre tout, comme le vieux dictaphone de Tadig que j'ai cassé sans faire exprès mais qu'il va réparer. J'suis jamais en panne de batterie, sauf quand je dors parce que dormir, c'est pareil que la soupe, ça fait grandir.

— Impressionnant !

— Merci, annonce-t-elle avec fierté, avant d'ajouter pour me prouver ses dires : vas-y, demande-moi ce que tu veux, pour voir.

— Eh bien, je ne sais pas trop…

La gamine se dandine d'un pied sur l'autre, impatiente. Mon cerveau n'est pas assez rapide pour elle. Au bout de dix secondes, elle ne tient plus :

— Bon, alors, je vais te raconter, moi. Fernande a mal au genou. Émile a gagné 5 euros au Banco, il a payé sa tournée, ça lui a coûté plus cher, alors Maryse a crié que la prochaine fois, le coup, ce serait pas à boire qu'il le prendrait, mais dans un mot que j'ai pas le droit de répéter parce que papa trouve que c'est pas joli. Même si en vrai, je le dis quand même. Je vais au collège en septembre, et là-bas, si tu dis pas de gros mots, on te prend pour un bébé. C'est mon copain Achille qui me l'a dit. Oh, et en parlant de lui, il a capturé une vieille et il l'a donnée à Justine parce que c'est son amoureuse.

Mon cœur manque quelques battements.

— Il a… quoi ?

— Il l'a donnée à Justine. Ouais, moi aussi, j'ai trouvé que c'était un cadeau dégoûtant.

— Mais… il a capturé quoi ?

— Bah une vieille, le poisson ! Tu connais pas ? Bon, alors, tu veux savoir quoi d'autre ?

Une idée s'incruste dans ma tête tandis que je me remets de mes émotions.

— Tiens, moi, j'ai une question. Combien de personnes sur cette île ont un prénom qui commence par… hum, la lettre J ?

J'avoue, c'est culotté, mais l'occasion est trop belle pour la laisser filer.

La fillette réfléchit, lève ses doigts l'un après l'autre, langue sortie pour mieux se concentrer. Enfin, elle sautille sur place, en me montrant sa main droite.

— Fastoche ! La réponse est quatre, s'écrie-t-elle avant de se reprendre. Ah nan, cinq ! J'avais oublié Myriam, elle vient d'accoucher. Elle voulait aller à l'hôpital, mais le *Kuzheol* était bloqué à Tienez, et le bébé il était pressé d'arriver. Quand les pompiers sont arrivés avec l'hélicoptère, il était né. Il s'appelle Jeden.

— Oh, c'est un joli prénom ! Et qui sont-ils, alors, tous ces autres gens ?

— Bah, déjà, y a Jeanne, même que c'est ma mamie. Ensuite, y a Justine, Jonas, et puis... ah tiens, y a Robin !

— Mais Robin, ça ne commence pas par un J ?

— Nan, mais il est là. Salut mon copain !

Je regarde dans la même direction que la fillette. Le dénommé Robin n'est autre que le vieux labrador grassouillet qui se faisait malmener par les poules ce matin. Il avance en ahanant, mais trouve néanmoins la force de bondir sur ses pattes arrière pour faire la fête à Zélie, et en profite pour enlever d'un coup de langue les restes de confiture sur le visage de la gamine.

— Attends, c'est lui qui t'accompagne ?

— Oui. C'est Robin, annonce-t-elle en lui tapotant le sommet du crâne. En fait, il s'appelle Robinson, mais Robin c'est plus court. Et puis son prénom, il s'en fiche tant qu'on lui donne à manger. Robin, je te présente Charlène. Charlène, voici Robinson.

— Oh, eh bien, bonjour Robinson, dis-je en flattant l'encolure du chien qui se jette sur le dos, pattes en l'air et queue balayant le sable, pour quémander des caresses supplémentaires. Il n'y a pas un adulte pour te surveiller ? questionné-je l'air de rien.

— Robin a sept ans. En âge chien, il est carrément plus adulte que toi. Mamig dit que tant que je ne grimpe pas sur les rochers à marée basse et que je reviens pour l'heure du dîner, je ne crains rien. T'as quel âge toi ?

— Bientôt trente-cinq ans.

— Ah, tu vois ! Lui, il en a quarante-neuf, facile ! J'suis forte en maths et je connais mes tables de multiplication par cœur. J'suis moins bonne en géographie, mais je dis toujours : « À quoi ça sert, vu que j'aurai jamais envie de partir et que je deviendrai maire de Broavel ? » Bon, c'est pas que je m'ennuie avec toi, Charlène, mais Robin est très à cheval sur les horaires. Ça veut pas dire qu'il fait de l'équitation, hein ! C'est juste qu'il a une horloge dans l'estomac et que si on n'est pas revenus à l'heure pour le dîner il va s'affoler et me laisser en plan au milieu de la plage pour retrouver sa G-A-M-E-L-L-E. Je l'épelle parce qu'il sait ni lire ni écrire, Robin, et que s'il entend le mot, il va se prendre pour un tourbillon et après il pourrait me faire tomber. Donc faut qu'on parte pour notre balade maintenant, sinon on va être en retard et c'est pas très très bon pour son cœur. À plus tard !

Et elle part à travers les dunes sans attendre de réponse. Je regarde ses cheveux s'envoler à chacun de ses pas et j'envie son insouciance et sa liberté.

14

25 mai 1986

Habituellement, Jonas attendait Véra pour aller boire des bières à l'abri des rochers qui longeaient la plage, à l'est de l'île. Il grattait les cordes de sa guitare et inventait des mélodies qu'elle notait tel un jury intransigeant alors même qu'elle n'y connaissait rien.

Mais depuis quelques semaines, Véra trouvait mille prétextes pour se dérober. Elle devait aider ses parents, elle avait des devoirs à finir… pire, elle lui avait annoncé le week-end dernier qu'elle ne pouvait pas faire de planche à voile parce qu'elle devait s'occuper de sa longue tignasse rousse. « Sa chevelure », avait-elle dit, d'ailleurs. Où était passée la gamine qui se moquait des nœuds dans ses cheveux jusqu'au moment où sa mère essayait de les démêler ? Était-ce l'adolescence qui créait un tel fossé ?

Depuis qu'ils n'étaient plus à l'école ensemble et qu'elle dormait sur le continent du lundi au jeudi soir, il avait le sentiment que leurs liens se délitaient. Eux qui avaient tout partagé depuis l'enfance s'éloignaient à présent, et cela attristait le jeune homme. Il se rassurait en se répétant qu'ils se retrouveraient pendant les vacances pour travailler sur les chantiers, comme Victor leur avait proposé. Mais il ne pouvait s'empêcher de s'inquiéter pour elle.

Et puis… elle était sa seule véritable amie. La seule à qui il aurait pu se confier. Sur la santé de son père qui déclinait jour après jour, sur les larmes de sa mère lorsqu'elle pensait que Jonas et ses sœurs dormaient profondément, sur cette épée de Damoclès qui lévitait au-dessus de sa tête… Si son père ne se remettait pas rapidement, si la mort l'enlevait à sa famille, Jonas devrait prendre sa relève sur le bateau de pêche pour subvenir à leurs besoins, et abandonner ses projets, les études qu'il avait choisi de mener…

Jonas fit vibrer les cordes. La mélodie se fit plus sombre, reflet de sa morosité.

15

Si j'avais suivi mes envies, j'aurais à nouveau succombé à une orgie de chocolat blanc, seule dans ma maisonnette. Cependant, je voulais mettre une croix derrière « diminuer le chocolat » sur ma liste, alors me voilà dans la grande cuisine des Oisillons. En réalité, il faudrait surtout que j'ajoute « apprendre à refuser les invitations ». Mais je verrai ça pour la prochaine série de résolutions, si je réussis à boucler celle-ci.

Jeanne s'affaire aux fourneaux et j'écoute Zélie me raconter par le menu détail sa promenade, quand une jeune femme franchit le seuil de la cuisine en enlevant son manteau. La fillette saute sur ses pieds, les yeux remplis d'étoiles.

— Charlène, je te présente Félicie, lance-t-elle comme si elle était l'hôtesse des lieux. Félicie est mannequin sur Internet.

Je jette un regard que j'espère discret sur ladite mannequin et pique un fard. Je reconnais la joggeuse croisée sur la plage. Les cheveux qu'elle portait en un chignon flou tombent désormais en cascade blonde jusqu'au bas de son dos. Elle arbore un look d'adolescente stylée :

pantalon taille basse, t-shirt qui tient plutôt de la brassière et gros bonnet de laine rose pâle qui fait ressortir le bleu de ses grands yeux maquillés avec soin.

Moi, avec un truc pareil sur le crâne, je ressemblerais à un préservatif abandonné depuis dix jours sur l'autoroute. Elle, elle est absolument canon. Elle doit avoir l'âge de la brindille à qui mon mari a fait un enfant. Je sens poindre l'animosité en moi. Je vais certainement la détester et, de mon côté, provoquer chez elle une sourde indifférence.

— Oh oui, et quel mannequin ! annonce Félicie en prenant une pose ridicule, langue tirée et yeux qui louchent. Je viens de défiler devant un public de goélands sur le port, c'était le *fire*. Tapis de chiures tout au long du podium. Je crois qu'ils m'ont applaudie. Ou alors ils se sont juste envolés. Salut Charlène, et *sorry* si je pue encore un peu. Un goéland s'est lâché en m'applaudissant sur la tronche.

Je ris. Finalement, je vais devoir revoir mon jugement.

— Ne raconte pas d'idioties, Félicie, tu es une star, lâche Zélie précipitamment. Il y a plein de gens qui la suivent sur Instagram, me précise-t-elle. Elle est payée pour se maquiller et s'habiller avec les cadeaux qu'ils lui offrent. Elle est venue là parce que ça la repose de pas être tout le temps sur son téléphone. Moi, j'en aurai un en septembre, quand j'irai au collège à Tienez.

Félicie roule des yeux, mais son sourire est doux.

— Tu lui montres ton profil ? implore la fillette.

La jeune femme pivote à trois cent soixante degrés, l'air perdu, avant d'éclater de rire.

— C'est complètement ouf ! Mon téléphone est le prolongement de mon bras depuis l'adolescence. Et là, je ne sais même pas où je l'ai foutu ! Enfin fichu, pardon, se corrige-t-elle. Franchement, il ne me manque pas...

— Alors ça veut sûrement dire qu'il faut que tu changes de métier, fait remarquer Zélie sur un ton de maîtresse d'école. Si ce qu'on fait nous rend malheureux, c'est que c'est pas ce qu'il faut, même si on gagne beaucoup d'argent.

— Tu as absolument raison, Zélie, acquiesce Félicie. Et plus je reste ici, plus j'y pense sérieusement.

C'est dans un bruit qui résonne depuis le bout du corridor que le second locataire annonce son arrivée. Avec ses gros sabots, au sens propre comme au figuré. Les semelles de bois tapent sur les tommettes de la cuisine. Si ça continue, il va nous proposer un spectacle de claquettes.

Il nous salue d'une révérence.

— Bonsoir ! Moi, c'est Jonas. Contemplatif, épicurien, et philosophe.

— Jojo est surtout un philosophe de comptoir, se moque Jeanne en nous tendant les plats pour qu'on les pose sur la table. Pour le reste, c'est exact. Il se contemple le nombril et il « s'épicure » le nez.

Le repas revêt des allures d'apéritif dînatoire sur fond de théâtre d'improvisation. Une salade composée, deux quiches, un cake au thon, de la charcuterie, un plateau de fromages, du pain grillé et des langoustines se côtoient sur la longue table en bois. J'en ai l'eau à la bouche et ne regrette plus mes tablettes de chocolat.

Jonas s'occupe de l'animation. Ses aphorismes font office de vérité absolue. Quant à Jeanne, elle lui rabat régulièrement le caquet pour laisser le loisir aux autres de s'exprimer.

— Sers-toi une part de quiche, Charlène, m'ordonne-t-elle, tu n'as presque rien mangé.

Je décline en désignant mes bourrelets :

— Je ne suis pas venue pour me remplumer, de ce côté, j'ai de la marge !

— Plus nombreux sont les malheurs, plus lourd en est le poids, récite Jonas qui a dû avaler un dictionnaire des citations sous hypnose.

— Et trop de dictons, ça rend con, rétorque Jeanne sans que Jonas en prenne ombrage. T'es pas non plus ici pour perdre un os, ma douce. Y a pas écrit soins d'amaigrissement où que ce soit. Il en va de ma réputation. Hors de question qu'on aille raconter que je rends mes oisillons malades.

— Un proverbe danois précise que l'abstinence et le jeûne guérissent la plupart des maux, rétorque le Dalaï-Jonas.

— Bon, du coup, tu fais pas le silence ? questionne Zélie sans transition.

Nous regardons toutes en direction de Jonas qui écarquille les yeux, mais la fillette me parlait à moi. Je demande des précisions :

— C'est quoi exactement, le « silence » ?

— C'est quand on ne parle pas, même pas en chuchotant, annonce Zélie, très fière de m'expliquer un mot.

— Le silence est la sieste du bruit, ajoute monsieur J'-ai-une-citation-pour-chaque-occasion.

— C'est un peu plus que ça, glisse Jeanne sans un regard pour le locataire intello. Mais il s'agit du passé de Broavel, cela ne t'intéresse probablement pas.

Je me redresse brusquement :

— Oh si, beaucoup !

— Bon, si tu y tiens... Après la Seconde Guerre, il ne restait quasiment plus d'habitants sur l'île. Un groupe de nonnes a affrété un bateau et a investi les lieux, baptisant cet endroit les « Oisillons ». Elles ont amené avec elles des personnes « tombées du nid » qu'elles ont prises sous leurs ailes. Elles ont transformé la bâtisse en une sorte de monastère et ont imposé le silence comme mode opératoire. Petit à petit, certains sont repartis, tandis que d'autres s'installaient au village. Les nonnes ont réussi, aidées par des hommes d'Église, à récupérer les titres de propriété qu'elles ont revendus au troc contre de menus services. C'est ainsi que Broavel s'est rempli.

— Et pour les Oisillons ?

— Les nonnes ont tout revendu dans les années 1970, en laissant les Oisillons dans un état de décrépitude avancé. Peu après son arrivée sur l'île, Victor s'est mis en tête de donner un nouveau souffle aux habitations de l'île et a racheté le domaine à la mairie. À l'époque, ça ne valait pas un kopeck ! Une équipe d'ouvriers l'aidait déjà à reconstruire les maisons du village, et il a engagé des jeunes pour retaper cet endroit.

— J'en faisais partie, se souvient Jonas.

— Avec Véra, ajoute Jeanne avec nostalgie. C'est l'infirmière de Broavel, me précise-t-elle. Avec Jojo, ils s'entendaient comme larrons en foire, à l'époque.

Elle insiste sur ces derniers mots comme si la donne avait changé. J'observe le maître ès proverbes perdre, l'espace d'un instant, de sa superbe. C'est fugace, mais je comprends qu'effectivement, ils ne s'entendent plus aussi bien qu'avant.

C'est Félicie qui, en l'interrogeant, le ramène sur terre :

— Attends Jonas, tu vivais déjà ici ?

— Oui. Ensuite, j'ai tracé ma route, et je suis revenu il y a deux ans.

Je remets le sujet initial sur le tapis :

— Et pourquoi ce concept de silence ?

— En fait, on avait abandonné ce concept jusqu'à Edna, une de nos premières locataires. Elle voulait absolument faire silence. Comme ça semblait lui tenir à cœur, je lui ai assuré que si elle ne voulait pas causer, elle n'avait qu'à pas ouvrir la bouche ! Au bout d'une semaine, elle est sortie de sa chambre et de son mutisme en m'affirmant que ça l'avait requinquée et qu'il fallait que je le propose à d'autres. J'étais pas convaincue, mais j'ai promis qu'on verrait ça pour pas la contrarier. Après tout, elle venait de passer une semaine à avaler sa langue, ç'aurait été dommage de la contredire à la première gamberge balancée après tout ce temps.

— Et tu as finalement changé d'avis ?

— Je n'impose rien, je propose.

— Moi, je l'ai tenté, j'ai trouvé ça très enrichissant, assure Félicie. Tu devrais essayer !

Je ne veux pas la vexer, mais je n'ai vraiment aucune envie de ne pas parler. Je tempère néanmoins mon propos :

— Eh bien, cela me semble captivant, mais… pour tout vous avouer, le silence me fait un peu peur.

— Je crois, m'affirme Jeanne avec douceur, que c'est le vide qui effraie, parce qu'il nous laisse face à nous-mêmes. Le silence, lui, permet de nous écouter et de dénicher les trésors enfouis au fond de nous… Cependant, quand on vient, comme toi, pour écrire, je…

— Tu écris ? l'interrompt Zélie, des étoiles dans les yeux. Des livres pour enfants ou pour adultes ? On peut les trouver à la bibliothèque ?

Voilà où mènent les mensonges par omission. Je me retrouve coincée avec ce prétendu roman à écrire. Je choisis donc de révéler partiellement la vérité.

— J'ai gribouillé quelques récits pour enfants quand j'étais plus jeune… mais ce n'était pas très satisfaisant.

— La persévérance vient à bout de tout, psalmodie le Socrate du dîner en me regardant dans les yeux pour la première fois depuis le début de la soirée.

— Oh dommage, se désole Zélie. Maman aussi écrit des contes pour les enfants. Y en a même un qui s'appelle *La Fabuleuse Aventure de Robin*. Je pourrai te le faire lire.

Heureuse que la discussion ait bifurqué sur quelqu'un d'autre que moi, je m'apprête à répondre lorsque la fillette reprend :

— C'est la dernière chose qu'elle a écrit avant de partir.

Avant que j'aie le temps de rétorquer quoi que ce soit, Jeanne se lève. Elle embrasse sa petite-fille dans les cheveux, se redresse et nous interroge, un peu trop fort :

— Vous voulez de la tarte aux pommes pour le dessert ?

Elle s'affaire, mais j'ai bien vu ses yeux s'embuer. Je ne suis pas la seule, même Jonas n'a pas osé sortir une expression toute faite sur les pommes ou le verger.

16

À la fin du repas, un constat s'impose à moi : je n'ai pas pensé à Hervé de toute la soirée. C'est la première fois qu'il n'accapare pas mon cerveau depuis son « annonce ». En outre, je m'aperçois que je ne ressens pas le vide au creux de mon ventre comme une punition. Ce soir, je me sens plus vivante qu'éteinte. De fait, même si la maîtresse de maison a insisté pour que je me « nourrisse un peu », je n'ai pas mal à l'estomac à force de me remplir pour ne pas ruminer. J'accueille cette parenthèse avec bonheur, et pour la faire durer, j'accepte la partie de Soupe aux lettres que Jeanne me propose. Zélie, quant à elle, fait la soupe à la grimace quand sa grand-mère lui annonce qu'il est temps qu'elle aille se coucher.

Jeanne m'a assuré que ce jeu de société était facile et divertissant. La boîte en carton rafistolée au gros Scotch date des années 1980 et me tire un sourire, qui disparaît rapidement devant les règles édictées par la sexagénaire. Il faut tirer des lettres d'un pochon en tissu dans une sorte de cérémonie orchestrée par Jeanne, et tenter d'aligner le plus de mots possible. La demi-mesure n'est pas tolérée apparemment. Si on joue, c'est avec application et sérieux ou pas du tout. Je comprends pourquoi Félicie et Jonas ont préféré botter en touche.

Je peine à composer des mots tandis que mon adversaire les étale à toute vitesse, vérifiant régulièrement dans son dictionnaire de Scrabble que les termes du contrat sont bien remplis. J'ai l'impression de vivre une sorte de bizutage par les lettres.

— Apion, voilà. Tu connais ? Il s'agit d'un insecte coléoptère.

— Jeanne, tu as inventé ce jeu ou quoi ?

Elle redresse le menton, aussi fière que si je venais de lui décerner le prix Goncourt.

— Il est vrai que personne n'a jamais réussi à me battre. Ceci dit, je n'ai aucun mérite. Quand l'île est bloquée à cause des tempêtes, il faut bien s'occuper ! Faconde, voilà un mot qu'on n'utilise plus fréquemment, quel dommage, se désole-t-elle en étalant ses pions.

— Moi qui collectionne les mots, je suis servie ce soir !

— Tu collectionnes les mots ? s'étonne la madame Pivot de la Soupe aux lettres.

Je parle rarement de cette passion qui me vient de l'enfance. Pourtant, devant l'air curieux et intéressé de Jeanne, je lui explique :

— Oui, depuis toute petite. J'avais un grand cahier Clairefontaine dans lequel je consignais les mots dont la sonorité me plaisait, ou ceux qui me semblaient ne plus être utilisés par personne, pour qu'on ne les oublie pas. À côté, je crayonnais une illustration. Faconde y aurait eu une place de choix !

— Tu l'as conservé ?

— Oh oui, celui-ci et les cinq ou six qui ont suivi. J'étais assez prolifique ! Ils gisent au fond d'un carton, je serais bien incapable de m'en séparer.

— C'est une belle collection. Tu te souviens du premier mot que tu y as écrit ?

J'avale ma salive, gênée. De toutes les questions que Jeanne aurait pu poser, elle a appuyé là où ça fait mal. Je n'ai jamais raconté cette histoire à personne. Pourtant, je réponds en épelant le mot :

— C'était *zétadam*. J'étais persuadée qu'il s'écrivait ainsi, qu'il se prononçait d'un seul bloc, à cause de ma mère. Elle me répétait qu'elle n'avait pas de temps pour mes *zétadam*. Et moi, je croyais que c'était le nom qu'elle donnait à mes jeux. Pour moi, c'était un synonyme d'occupation. En réalité, c'était surtout un moment de solitude.

Sous le mot calligraphié au stylo-plume, j'avais esquissé les larmes d'une petite-fille et un grand mouchoir par-dessus. Connaissais-je déjà la symbolique, ou l'avais-je dessinée sans le savoir ? Je n'en ai aucune idée.

— Elle est triste cette histoire. Pourquoi ta maman n'avait-elle pas le temps de jouer avec toi ?

— Eh bien... Mon père affirmait que de l'ennui naissait l'autonomie, quelque chose de ce genre. Son cabinet médical était situé dans la maison, notre salon servait de salle d'attente. Et ma mère était sa secrétaire. Alors elle avait fort à faire, et moi, je devais me taire.

La partie continue, mais le cœur n'y est plus.

Je suis menée de quatre à zéro lorsque Victor revient au bercail.

Il embrasse Jeanne sur le front en lui décochant un regard si amoureux que ma vue se brouille. Hervé me contemplait de cette façon, autrefois. Avant qu'on passe la majeure partie de notre temps à me scruter le nombril. Ensuite, son regard a fui, et moi, à force de me voiler la face, je suis devenue aveugle.

— Comment vont les Broavéliens ? demande Jeanne en obligeant Victor à goûter une part de quiche, et moi à revenir à l'instant présent.

— Ils t'embrassent, et te disent que tu manques au village. Véra a un roman pour toi.

— Combien ça va me coûter ?

— Ah, ça ! Elle va monter te voir demain. Elle voudrait vérifier ta tension, paraît que t'as laissé passer la date de ton contrôle technique, encore une fois.

— Qu'elle laisse ma vieille carcasse tranquille, celle-là ! Elle a tendance à oublier que je suis devenue infirmière alors que du lait lui sortait du nez ! Et ton rendez-vous à la banque ?

— Toujours les mêmes sornettes de charlatans, marmonne-t-il.

— Ah ! Ça va si mal que ça ?

— Ferdinand veut nous réunir pour en discuter, il pense que ça pourrait aider le village par la même occasion.

— Aïe, soupire-t-elle. Si le maire s'en mêle, c'est pire que ce que tu m'as laissé entendre.

— D'ici là, chacun va devoir penser à des solutions, parce que sinon...

D'un regard qu'elle imagine sans doute discret, Jeanne l'invite à se taire.

— Bien bien bien ! On ne va pas tribouiller Charlène avec nos histoires. Elle est venue trouver le calme, pas la tempête !

De nouveau, je suis gagnée par la honte. Est-ce grave de leur cacher la véritable raison de ma présence aux Oisillons ? Encore une fois, je préfère me taire.

17

En arpentant le chemin éclairé par la lune jusqu'à ma maisonnette, je repense à ce que j'ai raconté à Jeanne sur mes parents. Cela ne me ressemble pas de m'épancher, et même si ça m'a soulagée sur l'instant, je regrette un peu. J'ai tendance à rejouer les scènes embarrassantes une fois qu'elles sont passées, en les reprenant à mon avantage. Si, dans la vraie vie, on pouvait avoir droit à quelques répétitions avant de crier « tournez », il y a fort à parier que mon film serait plus joli. Mais la vie n'est pas un film. Alors je me dévoile le moins possible, histoire de ne pas provoquer la pitié.

Montrer ses failles, c'est se montrer vulnérable.

Je ne suis pas une menteuse, mais j'ai tendance à déguiser la vérité pour m'exposer sous mon meilleur jour. La peur de l'échec et du jugement qui en découlerait me pousse à dissimuler mes erreurs. Je m'évertue à anticiper les réactions, les regards que mes mots provoqueraient, les rejets ou les conflits que cela entraînerait. Mes parents estiment que le linge sale se lave en famille. Plutôt à trente degrés, et quatre cents tours pour l'essorage. En dehors de ce cercle restreint, c'est costume propre et bien repassé. J'ai retenu la leçon. Et pour ne pas passer pour la secrète ou la mystérieuse, j'ai appris à retourner les questions plutôt que d'y répondre. À m'adapter à chacun pour mieux rester dans l'ombre. Et à ne jamais me mettre en avant pour ne pas m'exposer à la critique. C'est une sorte de fuite, ou en tout cas, une façon de mieux me cacher. Un reproche peut me briser, me faire cogiter, tergiverser, et m'obliger à totalement modifier mon comportement. *A contrario*, je ne sais pas comment réagir face à un compliment. Je me figure toujours qu'il ne m'est pas vraiment destiné. Comme si, encore une fois, j'usurpais l'identité de quelqu'un d'autre. Un moi qui n'existe pas. L'expression qui me caractériserait le mieux serait « le cul entre deux chaises ». Jamais tout à fait moi, jamais tout à fait une autre. Je ne suis pas malheureuse pour autant. Les gens apprécient ma compagnie. On me trouve drôle, ou professionnelle. On me trouve serviable, on me trouve joviale, on me trouve exactement comme il faut. En réalité, *on* ne parle pas vraiment de moi, mais du personnage que je présente selon les situations. Si j'étais un animal, je serais un caméléon.

Alors je refuse toutes les mains tendues, tout ce qui déboucherait sur une amitié. Je ne veux pas tromper sur la marchandise : les gens ne s'attacheraient pas à celle que je suis, mais à celle que je veux bien leur montrer. En bref, il me manque une amitié essentielle : j'aimerais devenir amie avec moi-même.

L'amitié, c'est aimer quelqu'un pour ses qualités et malgré ses défauts, en les connaissant. Cependant, je me suis tellement travestie que personne ne devine mes faiblesses. Personne ne peut donc m'aimer véritablement. La preuve, mon père n'a jamais fait grand cas de sa fille unique, ma mère a passé sa vie à essayer de me métamorphoser en une meilleure version de moi-même, et mon mari, à force de me côtoyer, a préféré prendre la poudre d'escampette.

Le soir, quand plus personne ne me regarde, je baisse le masque. Et je mange. Je nourris tous les personnages qui m'habitent. Une cuillère pour la fille qui aime lire. Une cuillère pour l'intellectuelle. Une autre pour celle qui ne refuse rien. Encore une, pour la petite fille qui crie à l'intérieur de ma tête.

Je nourris toutes celles qui n'ont pas pu être, que j'ai sacrifiées, étouffées. Et mes enfants qui ne seront jamais, par ma faute. Je nourris mes tempêtes, je noie mon désarroi, j'atténue mes angoisses à coup de sucre. Je me remplis pour ne pas rester qu'une coquille vide. Je me gonfle jusqu'au dégoût, de ce que j'ai avalé et de celle que je suis. Cercle sans fin. J'ai conscience qu'il s'agit d'un trouble, la partie immergée d'un iceberg émotionnel, mais puisque je n'en parle pas, je peux me persuader que ça n'existe pas.

À l'abri de l'Ancre bleue, je me prépare un thé, déchire l'aluminium d'une tablette de chocolat au lait, m'enveloppe dans un plaid moelleux et m'installe sur la terrasse en bois. La lumière qui se déverse depuis la cuisine offre une ambiance tamisée. La Lune est pleine, le ciel dégagé, le phare rassurant. D'ici, j'entends les vagues répéter inlassablement le même pas de danse. Pourtant, aucun n'est identique au précédent. Toutes jouent et s'entrecroisent au gré du vent qui s'amuse avec elles. Tantôt douces sur une mer d'huile, tantôt roulades de maternelle, tantôt rouleaux qu'un surfeur prendrait avec bonheur. À chaque fois différentes tout en restant les mêmes.

Je n'imaginais pas à quel point cela m'apaiserait de laisser le bruit de l'océan emplir le silence de mon cœur. Une vague de bien-être m'envahit, offrant un instant de répit à mon cerveau.

Tout à coup, un son qui ne ressemble aucunement à celui des vagues se superpose à la mélodie. Schhhhh-hrrrr. Schrrrrrr. Schrrrrrr. Prise de panique, je relève la tête et tombe sur une silhouette longiligne qui se révèle être celle de Félicie, l'instagrameuse en cure de déconnexion. En baskets dégoulinantes et doudoune longue, elle traîne ses pieds dans la poussière.

Elle m'aperçoit et avance jusqu'à moi en essorant la pointe de ses cheveux trempés.

— Ça va ? Je sens pas trop la moule ? questionne-t-elle en se reniflant les bras.

— Quoi ? Mais… tu viens d'où ?

— Je suis allée prendre un bain de minuit.

— Dans la mer ?

— Dans une baignoire, c'est pas un vrai bain de minuit, *bro**. J'ai juste gardé mes *shoes*, parce que j'avais peur de me niquer un orteil sur un rocher.

— Mais tu es folle ! Tu vas attraper la crève, entre ! Je vais te servir un thé !

* Diminutif anglais pour « brother » qui signifie « frère ».

— Je veux bien, merci. Mais je vais me poser là pour m'en griller une petite. Je t'en roule une ?

Je secoue la tête. Merci, mais non merci. Je n'ai jamais fumé. J'ai bien essayé une fois, avec une camarade de collège, mais j'ai toujours eu peur que mes parents le découvrent. Je file attraper une grosse paire de chaussettes et préparer un thé, en observant Félicie par la fenêtre. Même dans cet accoutrement, elle est la personnification de la confiance en elle. Elle ouvre une boîte en fer, puis prépare une cigarette. Je la rejoins.

— Tiens, de quoi te réchauffer les pieds !

— Oh, c'est gentil !

Je renifle l'air. Je n'ai jamais fumé, soit, mais ça ne sent pas que la cigarette. Je m'étonne :

— Tu fumes de la drogue ?

— *Nope*, seulement de la marijuana. Ça te tente ?

— Oh là là, non !

— T'as jamais fumé ?

— Ni fumé quoi que ce soit, ni bu d'alcool.

— Convictions religieuses ?

— Non, parentales.

Son rire retentit si fort qu'on entend des lapins détaler dans les landes. J'ai beau me dire qu'elle rit de ma phrase et non de moi, je redoute qu'elle finisse par se moquer. D'un signe de la main, je l'invite à me passer le joint. Après tout, j'ai trente-cinq ans et moi aussi, je peux bien avoir un secret.

Je suis les recommandations de Félicie, avale une taffe, et tousse à m'en décoller les poumons.

— Doucement. Faut recracher à un moment.

— Ah, tu vois, j'avais raison. Ça ne me procure aucune sensation.

— *Wait and see*[*], riposte-t-elle avec espièglerie.

Un quart d'heure plus tard, à part mon rire qui vrombit comme une cornemuse dans ma boîte crânienne, je ne ressens toujours pas les effets du joint.

Cornemuse, voilà un mot tellement drôle que des larmes d'hilarité dévalent sur mes joues. J'ai vraiment envie de chocolat. Avec des chips et des gros cornichons.

— Bon, entonne Félicie quand mon rire s'éteint enfin, maintenant que t'es détendue, tu me racontes pourquoi t'es vraiment venue aux Oisillons ?

Je me raidis, le temps de vérifier avec mon cerveau s'il est capable de contrôler la situation. Il semblerait que ce soit le cas. Je tente :

— Pour écrire ?

— Ne me la fais pas à moi, m'intime Félicie en secouant ses longs cheveux blonds qui envoient quelques gouttes d'eau salée dans les airs. Tu peux me dire, je suis carpe ascendant girafe.

J'essaie de gagner du temps :

— Et toi ? Qu'est-ce qui t'a amenée sur une île paumée alors que tu brilles habituellement sur les réseaux sociaux ?

— Ah, tu la joues à je pose des questions au lieu de répondre, s'esclaffe Félicie. Bien tenté… mais tu as affaire à plus coriace que toi !

---

* Littéralement signifie « Attends et vois ».

Je rougis mais riposte avec détermination – et un peu d'angoisse – à l'idée de négocier :

— Ce sera donnant-donnant ou rien du tout.

Silencieuse, je la regarde peser le pour et le contre. Elle m'examine, cherche à deviner si je bluffe ou non. Je n'en mène pas large. Plusieurs scénarios s'infiltrent dans mon crâne. Aucun ne me donne l'avantage. Les lèvres pincées, elle décroise ses longues jambes, change de position, et capitule :

— Bon. Si tu me promets de ne pas compatir, de ne pas me prendre en pitié, je veux bien te raconter. En revanche, après, ce sera ton tour. Deal ?

18

Félicie fixe la lueur du phare qui balaie la nuit.

— Pour que tu comprennes bien, il faut que je remonte au point de départ, avertit-elle en attendant que j'acquiesce. Je crois que j'ai toujours eu envie de m'exhiber, d'une manière ou d'une autre. Mes parents n'étaient pas souvent à la maison quand j'étais gamine. Papa est pilote, maman hôtesse de l'air. Mon frère jumeau et moi, on a donc été élevés essentiellement par des filles au pair, anglophones parce que ma mère est d'origine britannique. C'est grâce à l'une d'elles, une Américaine, que j'ai découvert les premières youtubeuses. On passait des heures à regarder des tutos maquillage ou des *hauls* de fringues. J'étais archifan de Bethany Moretta. J'ai donc lancé ma première chaîne YouTube, pour parler essentiellement de maquillage, et un blog où je me mettais en scène avec des tenues. J'avais déjà un goût affirmé pour la mode, et quand ma mère effectuait des vols vers Los Angeles, il n'était pas rare que je l'accompagne et que je dévalise les boutiques pendant les escales. J'associais des fringues lambda à des pièces trouvées dans des friperies de Venice Beach.

Maman me photographiait. Les *hauls* se sont transformés en vlogs, et les dizaines d'abonnés en milliers. Honnêtement, pour moi c'était du virtuel, ça m'amusait et je ne mesurais pas la portée de tout ça. C'était mieux que de traîner avec les boloss du lycée ou de voler dans les magasins, tu vois. C'était genre, mon activité extrascolaire.

Je me contente de hocher la tête. Ce qu'elle me raconte est issu de la quatrième dimension pour moi. Je fais partie des influencées, pas des influenceuses. Si je traîne sur Instagram, je referme l'application avec la confirmation que ma vie est définitivement vide de sens et que je ne fais rien comme il faut. Alors je commande des dizaines de produits en utilisant des codes de réduction exclusifs et en me promettant de changer ma routine… et puis une fois que je les reçois, je ne sais même plus pourquoi je les ai achetés et ils finissent dans un panier de ma salle de bains.

Félicie continue sa narration :

— Quand les premières marques m'ont contactée, évidemment, j'ai accepté. Quelle fille de dix-sept ans refuserait des fringues et des bijoux gratos ? Ensuite, tout s'est enchaîné. J'ai eu un agent, j'ai réalisé de vrais shootings avec des photographes, des collaborations avec des marques… Mon quotidien est devenu un tourbillon. Au lycée, deux clans s'affrontaient : ceux qui voulaient être amis avec la « star » et profiter de ma notoriété sur mes réseaux sociaux pour créer les leurs, et ceux qui détestaient tout ce que je faisais et moi avec, sans même m'avoir adressé la parole. Mon frangin s'est battu plusieurs fois pour me défendre, et puis il a finalement lâché l'affaire. J'ai passé le bac en candidat libre, l'ai obtenu et ensuite, je gagnais bien ma vie alors j'ai abandonné mes études. J'ai fréquenté d'autres youtubeurs et instagrameurs, j'ai voyagé, j'ai vécu des expériences de malade. Sans jamais avoir vraiment le temps de me poser. Et puis, le confinement a débuté, et les emmerdes avec lui.

Félicie boit une gorgée de thé, repose sa tasse, entrecroise ses doigts. Je n'ai jamais été fan des vidéos sur YouTube, mais j'ai le sentiment qu'elle me raconte sa vie de la même manière qu'elle enregistrerait une vidéo. Elle regarde droit devant elle, et moi je suis scotchée par l'aura qu'elle dégage. Mais derrière la façade, je perçois de plus en plus nettement les fêlures.

— J'étais toute seule dans mon appartement parisien. Enfin, avec mes abonnés. Je présentais des vidéos en direct sur Instagram pour expliquer à quel point cette parenthèse obligée me ressourçait, alors qu'en réalité je crevais d'ennui. Parce que c'est ça, les réseaux sociaux. Apparaître en jogging et sans maquillage, ça aurait été considéré comme fake, même si c'est juste la vie. Devant la caméra, j'étais enjouée, j'applaudissais à 20 heures, je participais à des discussions en live avec des influenceurs. Et quand j'éteignais mon téléphone, le vide de mon existence me happait.

Je perçois le désarroi dans son regard. Ma solitude comprend la sienne. D'un sourire compatissant, je l'encourage à poursuivre.

— C'est là que j'ai reçu les premiers courriers. Comme j'enregistrais mes vidéos depuis chez moi, certains *haters* ont fini par trouver mon adresse. Il existe des comptes Twitter qui me parodient, des groupes Facebook qui se moquent de moi, mais ça m'en touchait une sans faire bouger l'autre, si je peux dire. Les messages insultants, les commentaires haineux, c'était mon quotidien, je gérais. Les lettres de corbeaux dans ma boîte aux lettres, un peu moins. Les menaces de mort semblent plus vraies quand elles sont rédigées à l'encre. Ensuite, les colis sont arrivés. Poupées vaudoues, merdes de chien, mini cercueil à mon nom... J'ai même reçu un pigeon en putréfaction. J'ai chialé pendant deux jours.

— Oh, mon Dieu.

— Je pensais qu'à l'issue du confinement, ça s'arrêterait, ou en tout cas, que les gens reprendraient leur vie et moi la mienne, tu vois. Mais non. J'avais apparemment affaire à une bonne bande de *fucking* connards. Ils se sont acharnés. Il y a deux mois, quelqu'un s'est introduit dans ma cage d'escalier. Je ne sais pas ce qu'il voulait, mais j'ai cru qu'il allait me kidnapper, me tabasser, me... Il n'a pas eu le temps de me toucher. Mon hurlement a attiré une voisine. Elle a beuglé qu'elle avait appelé les flics... Le mec s'est enfui. Et moi, je me suis terrée chez moi. J'étais morte de trouille dès qu'un livreur pressait la sonnette de mon appart. Le jour où j'ai failli gazer mon vieux voisin qui voulait simplement m'emprunter de la farine, j'ai préféré prendre le large. C'est une amie qui m'a parlé de Broavel. J'ai appelé Jeanne, et j'ai débarqué ici. Fin de l'histoire. Début de la nouvelle.

Je laisse un silence planer. Félicie ne veut pas que je compatisse, alors je ravale l'empathie et l'indignation qui grondent dans mes tripes.

— Le monde est complètement fou. Il y a une enquête en cours ?

— J'ai déposé plainte, mais ça ne mènera sûrement nulle part. Les gendarmes m'ont expliqué que c'était le risque des réseaux sociaux. Ils m'ont conseillé de brancher une alarme ou de déménager…

— Comment tu te sens maintenant ?

— Protégée par l'océan. Et vu que je ne poste plus rien sur mon compte, les *haters* me lâchent la grappe. Toute cette histoire m'a permis de remettre en question mon existence, le sens que je veux lui donner. Les gens, derrière leur écran, ne voient pas qui je suis réellement. Ils m'adorent ou ils me haïssent, mais sans me connaître. Pour eux, je suis comme le personnage d'une série. J'existe sans exister pleinement, ils m'appréhendent comme un sujet de leurs divagations, positives ou négatives. Mais finalement… moi non plus, je ne savais pas qui j'étais. Je suppose que je suis devenue celle que les autres voulaient que je sois. Et me couper des réseaux est la meilleure solution pour me trouver.

Elle a beau se montrer forte, je perçois son émotion. Je pose une main sur sa cuisse.

— Je te remercie pour ta confiance, Félicie. Je n'aurais jamais imaginé que tu vivais ce genre de choses. Tu es quelqu'un d'extrêmement courageux…

— Honnêtement, tu m'aurais rencontrée quand j'ai déboulé aux Oisillons, tu n'aurais pas pensé ça. J'étais une serpillière. Tu m'essorais, c'était l'inondation, l'île aurait disparu sous mes larmes. Ne plus avoir peur de mon ombre m'a pris du temps. J'ai eu besoin d'une vraie déconnexion. Faire le point sur ma vie et la paix avec moi m'a finalement permis de me convaincre que ce sont eux qui ont un problème, pas moi.

Un tremblement la secoue, à moins que ce ne soit un sanglot. D'un geste, je lui indique l'intérieur de la maison, elle me suit sans un mot.

Ce changement de décor nous octroie un second souffle.

Elle s'installe sur mon canapé-lit, et j'observe les traits de son visage se détendre.

— Ce n'est pas parce que mon histoire t'a bouleversée que tu vas passer entre les mailles du filet, annonce-t-elle. Balance !

19

Félicie m'écoute religieusement, jusqu'à ce que j'aie fini de lui résumer la lettre. Et puis elle attaque :

— Tu as des pistes pour ce J ? Qu'est-ce qui lie ta mère à Broavel ? Tu crois qu'elle a laissé un secret ici ? Ou un amoureux ?

Je prends mon temps pour parler, histoire de trouver les mots qui ne me feront pas me dévoiler entièrement :

— Eh bien, je ne veux pas aller trop vite en besogne, mais...

Félicie m'interrompt, avec une mine de professeur :

— Hum, je le vois quand tu rassembles tes idées dans le but de cacher quelque chose. Je t'ai vue faire ça ce soir, déjà. Ton visage ressemble à celui d'un gars pris en flag à se curer le nez au volant de sa jolie caisse, et tes joues deviennent rouge brique.

Décontenancée par sa perspicacité, je tente néanmoins de maugréer pour la forme.

— Pas du tout, qu'est-ce que tu vas chercher là ?

Elle se contente de me dévisager. Je sens mes joues devenir brûlantes.

— Bon. Je te fais vraiment, vraiment confiance, alors. D'accord ?

Félicie, la main gauche posée sur le cœur, promet, jure, et je l'arrête dans son élan.

— J'allais pas vraiment cracher, ronchonne-t-elle.

— Mouais, je préfère ne pas savoir. Bon, alors voilà. Depuis que je suis gamine, j'ai l'impression de ne pas vraiment faire partie de ma famille.

— Comme quatre-vingt-dix pour cent des enfants du monde, j'imagine, tempère Félicie.

— Oui, mais moi, j'ai accumulé quelques preuves au fur et à mesure des années. Par exemple, je suis l'unique grosse dans une famille de longilignes.

— Alors d'abord, arrête tout de suite, m'interrompt Félicie en faisant les gros yeux. Tu n'es pas grosse, tu as de belles formes, très sensuelles. Tu es simplement trop paralysée par tes complexes pour t'en rendre compte. Et puis, vu que tu compenses tes chagrins par le chocolat...

Je la dévisage, perplexe, avant de suivre son regard braqué sur ma réserve anti-coups durs, que j'ai oublié de dissimuler.

— Bon, OK. Possible. J'avoue que le sucre adoucit mes maux.

C'est la première fois que j'en parle à quelqu'un. Même à Hervé, j'ai réussi à filtrer mon addiction, à me cacher pour engloutir des sucreries. Félicie est une sorcière, à n'en pas douter.

— Quelles sont tes autres hypothèses, inspecteur ?

— Eh bien... Mes parents n'ont jamais trop su quoi faire de moi.

— Objection, votre honneur. Les miens non plus. Et pourtant il n'y a aucun doute possible quant au fait que je sois leur fille.

— Probablement, mais je suis comme un caillou dans la chaussure des miens, un pull en laine qui gratte, un...

— Bon, allons droit au but, Cha. Où veux-tu en venir ?

— Mon père est médecin esthétique. Il avait un cabinet à la maison et un bureau dans une clinique. Ce que j'ai le plus vu de lui, c'est son dos, quand il passait la porte pour aller au travail, quand il accueillait ses patients, quand il se rendait à des congrès... Il n'a jamais été un papa. J'ai toujours eu ce sentiment qu'il regrettait de m'avoir eue. Mais en fait, peut-être que... qu'il n'est pas vraiment mon père. Ceci expliquerait cela, et pas mal d'autres choses. Attends deux minutes.

Je fouille mon gros sac et tends la vieille photo à Félicie, qui fronce les yeux avant de désigner du bout de son index une jolie rousse au look hippie qui se tient à côté de ma mère.

— Hey ! C'est pas Véra, là ?

— Aucune idée. J'ai entendu parler d'elle, mais je ne l'ai pas rencontrée. En revanche, ce que je sais, c'est que cette photo a été prise en juillet 1986. Je suis née en mars 1987.

— Oh ! s'exclame Félicie en se trémoussant, un sourire éclatant sur le visage. C'est bientôt ton anniversaire ! T'es née quand ?

— Euh... Le 24 mars, mais on s'en fiche, c'est...

— Bien sûr que non, on ne s'en fiche pas ! On va te préparer une fête ! Tu seras encore là, n'est-ce pas ?

Je m'empourpre et tournicote une mèche de cheveux entre mes doigts pour me donner une contenance. Je n'ai jamais célébré mon anniversaire avec une fête et des copains qui me regardent souffler mes bougies. Mes parents n'étaient pas très à l'aise à l'idée de rassembler plusieurs enfants dans leur salon. Hervé, quant à lui, a toujours été un piètre organisateur. Il misait sur un bon resto et un cadeau, et pour ça aussi, il est toujours tombé à côté de la plaque. L'an dernier, je rêvais d'un hamac. Il m'a acheté une montre connectée. J'ai passé des mois à faire onduler mon bras au cas où il aurait espionné mon activité physique par le biais d'une application. Pour moi, cette montre à mon poignet était un rappel à l'ordre permanent : « T'es grosse. Bip. Bouge ton gras. Bip. » C'était également la preuve que mon mari voulait que je me mette au sport. Vu ce qu'il a fait de notre mariage, il aurait mieux dépensé son argent en optant pour un hamac.

Je soupire et réponds à Félicie :

— Je serai sûrement là, oui.

Elle laisse éclater sa joie en esquissant quelques pas de danse.

— Bon, reprend-elle en se rasseyant, que voulais-tu me prouver avec cette photo ?

— En juillet, ma mère séjourne ici. Elle est belle, elle semble libre, elle rayonne. En mars, je nais dans la grisaille de l'Essonne. Huit mois et demi plus tard, tu vois ?

— T'étais prématurée ?

— Je ne crois pas, non.

— Tu ne crois pas ? Tes darons ne te rabâchent pas chaque année l'histoire de ta naissance en long, en large et en travers ?

Un ricanement gêné s'échappe de ma gorge :

— Ce n'est pas leur genre.

— Ah. Bon. Et donc, ta théorie ?

— Eh bien, je pense que je ne suis pas la fille de mon père. Et que mon père vit ou a vécu sur cette île. Peut-être n'est-il même pas au courant de mon existence.

Les traits de Félicie deviennent graves. Elle rejette la tête en arrière, se masse la nuque, tend ses bras. Son échauffement terminé, elle réfléchit à voix haute à la meilleure manière d'enquêter avec discrétion, le regard toujours rivé sur le cliché, comme si un détail allait jaillir hors du papier glacé et résoudre le mystère. Tout à coup, elle plisse les yeux, son visage s'éclaire, et elle se met à débiter à toute vitesse :

— *Oh my gosh!* C'est Jonas là, n'est-ce pas ? Beau gosse, d'ailleurs ! Tu es peut-être sa fille ! Les dates concorderaient avec l'été où des jeunes sont venus prêter main-forte aux ouvriers ! On tient un truc !

Je me cache les yeux, dépitée :

— Oh merde, non ! Pas Jonas ! Pitié !

Félicie éclate de rire avant de se reprendre :

— Franchement, ce n'est pas un mauvais bougre. Un peu boomer, mais pas méchant. Ce soir, il était en forme, mais je crois qu'il en rajoute quand il est intimidé. Il se donne un air intello, alors que quand il n'utilise pas de phrases toutes faites, il est hyper intéressant.

— Si tu le dis...

— Bon, de toute façon, il faut qu'on en apprenne plus. Parce qu'il est possible qu'on se plante complètement, et que ton daron soit parti faire sa vie sur le continent. Ou même qu'il n'y a aucun secret et qu'on se monte le bourrichon pour rien. On va diviser la liste de ceux qui ont un J pour initiale, et discuter avec eux, tranquillement.

— Excellente idée !

— On pourrait se rendre au Repaire à l'heure de l'apéro et montrer la photo !

— C'est discret, ça ?

— Ah non, *shit*, pas spécialement. Oh ! Je sais ! On va s'introduire dans les archives de la mairie et fouiller les dossiers ! T'as une lampe torche ? On peut y aller maintenant, j'suis chaud !

Il va falloir qu'on s'accorde sur la définition de la discrétion. Je préfère modérer ses ardeurs avant d'enfreindre la loi :

— En chaussettes ? On va peut-être surtout aller se coucher, la nuit porte conseil.

Félicie grommelle pour la forme, mais se range à mon avis. J'en profite pour aborder un sujet qui me turlupine :

— Et sinon, rien à voir, mais tu as entendu dire que Victor et Jeanne avaient des ennuis ?

— Non, pourquoi ?

— Ils ont évoqué un rendez-vous à la banque qui s'était mal passé et des solutions à trouver pour éviter la tempête. Je les trouve vraiment gentils, ça m'embêterait qu'ils aient des soucis.

— Moi aussi... Bon, écoute, on le met sur la liste des choses à découvrir ?

— Ça marche.

— Allez, j'y go ! *Good night* Cha !

Et elle sort de l'Ancre bleue en m'envoyant des baisers du bout des lèvres.

Je pose la tête sur mon oreiller, laisse les images de cette soirée inédite défiler dans mon esprit, et je sombre dans un sommeil sans insomnie.

20

25 juin 1986

Elle avait bien cru qu'ils n'arriveraient jamais vivants au port. Trente minutes de trajet depuis la gare dans une 4L avec un trou au plancher, à devoir ralentir toutes les dix minutes pour vérifier que le moteur ne s'était pas fait la malle. C'était son estomac qui avait failli se barrer.

Irène n'avait pas décroché plus de trois mots. La nervosité et les regrets d'être partie accaparaient ses pensées. De toute façon, le conducteur parlait assez pour deux, et les trois à l'arrière en avaient rajouté. Leur enthousiasme avait éclaboussé les parois de l'habitacle, on se serait crus dans *West Side Story*. Un peu plus et ils se présentaient en chantant.

« Vous allez voir, l'île est merveilleuse. Vous allez passer les meilleures vacances de votre vie. Le sable, l'océan, la liberté... un peu de travail, évidemment, mais travailler, ça ouvre l'esprit et l'appétit ! »

Elle se disait surtout qu'elle n'allait rien voir du tout s'il ne regardait pas la route. Ainsi, c'était lui Victor. Le chef de chantier. Celui grâce à qui ils se trouvaient ici. Elle ne l'avait pas imaginé ainsi. Elle l'aurait pensé plus homme d'affaires. Mais dans son bleu de travail, les cheveux ébouriffés, on aurait dit qu'il avait dix-sept ans, comme elle. Pourtant, elle savait qu'il en avait plus de quarante. Quarante ans, ça semblait si vieux. Comment serait-elle, à son âge ? Que deviendrait-elle ? Elle n'en avait aucune idée.

Lui, c'était le genre dans la lune. Il sautait du coq à l'âne, comme s'il avançait dans le labyrinthe de ses pensées et qu'il s'y perdait souvent.

Non, vraiment, elle l'avait imaginé autrement. Elle était déçue.

Sur le quai, les trois autres jeunes s'étaient approchés de la balustrade, en attendant les derniers du groupe qui devaient les rejoindre. Ils s'amusaient à effrayer les mouettes et les goélands, sans se soucier des badauds. Elle soupira. Elle allait passer pour la nounou si ça continuait. Elle se détourna des trois gamins et regarda Victor plaisanter avec deux femmes. Elles gloussaient, se trémoussaient, se pavanaient. Si cette scène avait pu se transformer en tableau, elle aurait eu pour titre *Jour de parade nuptiale chez les dindes*. Ah, ça, on ne pouvait pas dire qu'il ne leur provoquait aucun effet.

Elle l'observa. Avec sa petite gueule d'acteur, il n'aurait eu qu'un mot à prononcer pour qu'elles le suivent sans broncher. Il était ce type d'homme à pouvoir faire croire à n'importe quelle femme qu'elle était spéciale, simplement en lui accordant un sourire. Ce type d'homme à gâcher des vies en faisant des promesses qu'il ne tiendrait jamais. Le genre qu'elle exécrait.

— Ça va ? Tu es contente d'être ici ?

Elle ne l'avait pas vu approcher. Elle se reprit, fit signe que oui. Même si au fond d'elle, elle avait envie de hurler, de pleurer, de faire demi-tour. Elle n'était plus très sûre que ce soit une bonne idée de s'engager là-dedans.

Évidemment, elle était au courant que c'était une chance pour elle. Deux mois sur une île, ce n'était pas donné à tout le monde. En tout cas, pas dans le monde d'Irène. C'était d'ailleurs la première fois qu'elle voyait l'océan. Et puis, elle avait promis à sa mère, et elle tiendrait parole. Sa mère lui répétait assez souvent : « Qui se défait d'une promesse contracte une dette. » Et des dettes, elle n'avait pas les moyens d'en avoir.

Le bateau sentait la crevette plus tout à fait fraîche.

Irène se rendit sur le pont supérieur. Pas suffisamment confiante en son estomac pour rester à l'intérieur. Elle sortit de son sac un cahier que sa mère lui avait donné juste avant de partir, un soir de jour lumineux.

« Tu y consigneras tes plus doux souvenirs, et dans quelques années tu en reliras des passages avec nostalgie. »

Elle grimaça. Ça aussi, c'étaient des idées de vieux. La nostalgie, c'était pour ceux qui n'espéraient plus rien de l'avenir. Elle refusait que ce sentiment fasse partie de son existence. C'était pour les faibles et les amoureux. Et vu où l'amour menait… Irène, elle, préférait regarder droit devant plutôt qu'en arrière. Mais, dans la mesure où sa mère le lui avait demandé, elle allait s'y plier. Écrire dans ce fichu carnet pour lui en lire des passages choisis les soirs de gris. Elle ne refusait jamais rien à sa mère. La pauvre. Rien que de penser à elle, Irène en eut la gorge nouée. Elle aurait aimé l'emmener avec elle, plutôt que de la laisser à son triste sort, dans cette baraque qui n'avait de maison que le nom. Elle espérait que la voisine n'oublierait pas de venir la voir chaque jour, et qu'elle pourrait lui téléphoner.

De l'autre côté du pont, les adolescents qui passeraient l'été avec elle riaient comme s'ils se connaissaient depuis des années. C'était incroyable, ce besoin d'appartenance à un groupe, pensa-t-elle. Irène n'avait pas besoin des autres pour exister. Elle n'avait besoin que de compter sur elle-même. C'était elle la maîtresse de sa destinée.

Les adolescents la reluquaient. Ils essayaient de capter son regard, certainement pour l'inviter à partager leurs éclats de rire.

Irène feignit d'être absorbée par ce qu'elle écrivait pour qu'il ne leur vienne pas l'envie de l'accoster. Ils la regardaient avec curiosité. Ils pouvaient bien continuer si ça leur chantait. Qu'ils parlent d'elle, en bien ou en mal, elle s'en contrefoutait. Elle n'avait pas besoin d'amis.

Elle détourna le regard. Dans son champ de vision, une île apparut. Malgré elle, elle fut saisie de frissons. Broavel.

21

Jeudi 10 mars 2022

— Hé, salut la citadine !

Victor avance le sourire aux lèvres et sa charrette remplie de matériel de bricolage au bout des bras.

— Bonjour Victor !

— Est-ce que tu as lu *La Chute* de Camus ? Un copain me certifiait hier soir que le sujet principal du roman était notre quête de l'utilité pour exister. J'aimerais bien savoir ce que tu en penses...

Les normes d'usage en ce qui concerne la politesse semblent bien peu de chose comparé à ce qui lui passe par la tête. Ses doigts se faufilent sous son bonnet tandis que j'acquiesce, le sourire aux lèvres.

— Je l'ai lu, oui, il y a quelques années.

— Ah ! Formidable. Et ?

— En fait, je n'ai jamais réfléchi à l'interprétation. C'était pendant mes études de lettres, on m'avait demandé de l'étudier alors c'est ce que j'ai fait... Je n'en ai pas gardé un souvenir impérissable.

— Grossière erreur. Les études, c'est vraiment de la merde. Ça enferme l'esprit. Se sentir utile pour pouvoir exister, tu crois que c'est nécessaire ?

— Dans quel sens ? Se sentir utile aux autres, à l'univers ?

— Ah oui, réfléchit-il à haute voix, les sourcils froncés. Il y a la question du sens, évidemment. C'est plus complexe qu'il n'y paraît.

Victor se perd dans ses pensées, et je cherche quelque chose à dire pour récupérer le fil.

— Par exemple, toi, pourquoi es-tu venu sur l'île ?

Il balaie la côte du regard, comme si la réponse se trouvait dans les arbres à chatons qui entament leur floraison.

— Rien à voir avec une quête personnelle. C'est le hasard qui m'a conduit ici. Le tunnel du Mont-Blanc avait été bloqué par des grévistes. Je devais le traverser, et finalement, c'était impossible, alors comme j'étais libre, j'ai été embauché pour retaper une maison, avec une équipe. La maison s'est transformée en deux, puis en cinq... et à mon grand étonnement, moi qui pensais ne jamais trouver ma place, c'est Broavel qui m'a trouvé. J'ai monté mon entreprise de maçonnerie. Drôle d'époque. Le Repaire s'appelait le Café du repos. C'était Ghislain qui le tenait. Mais il vidait les réserves et il en est mort.

— Et pourquoi y es-tu resté ?

Son expression interdite laisse entendre qu'il ne s'est jamais vraiment posé la question.

— J'imagine que je me suis habitué à Broavel, et que l'île s'est habituée à moi. Rien ni personne ne m'attendait ailleurs. J'ai passé ma jeunesse à m'éloigner de l'endroit où j'étais né et à y retourner, jusqu'à ce que je me rende compte que rien ne m'y retenait, à part le passé. Le passé, c'est un boulet qu'on porte à la cheville jusqu'à ce qu'on réalise qu'en marchant droit devant, il ne pèse pas si lourd qu'on se l'était imaginé. Je me suis créé un présent qui se transforme en passé que j'apprécie.

Je lui offre un sourire rayonnant :

— Eh bien, voilà. C'est ici que tu as découvert à quoi tu étais utile !

Il me donne un coup de coude qui me force une nouvelle fois à tester mon sens de l'équilibre.

— Maline, la citadine ! Tu as raison ! Et toi, tu as trouvé ?

Cette question appuie sur une cicatrice émotionnelle. Ma stabilité physique n'a apparemment pas le monopole du vacillement.

Je ravale ma salive.

— Pas encore, non.

— Pourquoi ?

— Eh bien... J'ai parfois la sensation qu'il me manque le mode d'emploi, ou alors qu'il est écrit en suédois. Comme ces meubles qu'on croit avoir réussi à assembler mais dont on s'aperçoit en fin de compte qu'on a oublié des vis, et qu'ils ne tiendront jamais droit. J'y ai cru longtemps, et puis finalement, je me suis trompée. Comment fait-on pour découvrir à quoi ou à qui on est utile ?

— C'est une question qui mérite réflexion. Je dois passer chez Véra pour lui apporter des feuilles de basilic. Tu m'accompagnes ?

J'acquiesce et le suis sur le sentier.

Pendant quelques minutes, le silence nous tient compagnie. J'en viens à me demander si ses pensées ne l'ont pas à nouveau éloigné de notre conversation, lorsqu'il se met à parler :

— J'ai eu ce qu'on peut appeler une enfance de merde. Je suis né deux ans avant la fin de la guerre. Ma mère n'était ni mariée ni capable de dire qui était mon père. Elle m'a laissé aux bons soins de ma grand-mère pour mieux continuer à batifoler. Ma grand-mère était une femme douce et aimante, mais elle est morte quand j'avais cinq ans. Entre-temps, ma mère avait convolé en justes noces et n'a pas pu, ou voulu, me garder auprès d'elle. J'ai donc été envoyé en foyer. On était nombreux, là-bas.

— Oh, c'est affreux...

— C'était la vie, en ce temps-là. Les orphelins de guerre, c'était monnaie courante. Ma mémoire a voulu, je crois, occulter cette période de mon esprit. Peu d'images me reviennent, si ce n'est celles de cet immense dortoir. Je me cachais la tête sous l'oreiller pour ne pas entendre la surveillante gueuler, et je m'inventais une autre vie pour m'endormir.

Malgré les années écoulées, je sens l'émotion de Victor lorsqu'il me raconte son histoire.

— Tout ça pour dire que découvrir à qui ou à quoi je pouvais être utile n'était pas une priorité. Avais-tu des rêves ou des objectifs quand tu étais enfant ?

Je voulais simplement que mes parents m'aiment. Qu'ils soient fiers de moi, et heureux de m'avoir pour fille.

Mais ça, je préfère le garder pour moi. À la place, je réponds une autre vérité que j'estime moins honteuse, bien que tout aussi personnelle :

— J'aimais les jolis mots et le dessin. Longtemps, j'ai cru qu'un jour, je pourrais lier ces deux passions et en vivre. Mais les rêves d'enfant s'évaporent à l'adolescence, quand on comprend que la vie est constituée de compromis...

— J'ai toujours détesté les compromis, s'emporte Victor. Par définition, ce n'est pas quelque chose qu'on fait de gaieté de cœur. Et j'ai toujours attaché une importance fondamentale à réaliser les choses par envie.

— Rien que le mot est laid, dis-je en hochant la tête.

— Tout à fait, grimace-t-il. Une promesse de con, ça ne saurait être quelque chose de bon, n'est-ce pas ?

J'éclate de rire.

— Et ensuite ? Qu'est-ce qui t'a permis de te sentir utile pour la première fois ?

— J'ai arrêté l'école à treize ans, j'ai été engagé sur des chantiers en prétendant que j'étais plus âgé. C'est à ce moment-là, je crois, que je me suis senti vraiment utile. Mais cela ne m'a pas comblé. Se sentir utile c'est une chose, mais seulement si tu ne t'enfermes pas.

— C'est-à-dire ?

— Il y a plein de façons de se rendre utile, mais tu dois le ressentir comme quelque chose qui te fait du bien. Qui te libère.

Je réfléchis. Soupire. Confesse :

— Je n'ai jamais été utile à rien. Je suis devenue correctrice parce que j'aimais les mots et que ça, au moins, c'était un métier sérieux. Mes parents n'étaient pas entièrement convaincus, mais ça leur convenait plus qu'un statut précaire d'illustratrice ou d'autrice. « C'est compliqué. Il faut avoir des relations pour ça », m'a affirmé un jour ma mère. Les dés étaient jetés.

Victor se gratte le crâne à travers son bonnet :

— Ça ne te rend pas heureuse ?

Je médite un instant, cherchant les mots adéquats pour expliquer mon point de vue, puis lâche :

— Ça me rend utile d'une certaine manière. Mais ça ne me libère pas de moi.

Je me rends compte, en le prononçant à voix haute, que c'est tout à fait ça. J'efface les erreurs des autres. Je souligne les imprécisions. Je vérifie, j'analyse, je cherche, je remets en question. Je n'ai jamais le dernier mot, je n'imagine ou ne crée rien. Je relis, rature, traque la virgule mal placée, vérifie l'imparfait ou le passé composé, anticipe le futur. Je ne reformule que dans la marge, en commentaire. Les décisions finales ne m'appartiennent guère. Mon métier n'est pas une vocation. Je n'ai pas choisi de nettoyer les brouillons des autres par passion. Je suis la femme de ménage des idées, la repasseuse des phrases alambiquées, la nettoyeuse d'adverbes et autres mots mal employés. Je remets en ordre, dépoussière, reformule. Et puis, quand je me suis attachée au sens des phrases, à leur façon de résonner, le texte m'échappe. Et cela vaut pour ma sphère professionnelle et privée. Au quotidien, je cache mes parenthèses derrière des jeux de mots, j'avance le verbe haut, mais en réalité, je n'ose même pas écrire d'annotation dans la marge. Je me cache derrière les idées des autres, derrière leurs envies.

— Et de façon personnelle ?

Nouveau coup de couteau sur ma cicatrice. Je me mordille la lèvre, puis lance :

— J'ai pensé, ou j'ai voulu me convaincre, que la maternité serait une fin en soi. Qu'en ayant un enfant, je serais utile à quelqu'un. Mais je n'ai pas pu mener une grossesse à terme, et j'ai peu à peu intégré le fait que je n'étais qu'une incapable.

— Alors, c'est ça qui a éteint ta flamme intérieure ?

Je me raidis.

— Comment ça ?

— On ne vient pas à Broavel par hasard, Charlène. Je crois que tu as besoin de cette île pour rallumer l'étincelle.

— Je ne suis pas venue par hasard, Victor. Je suis venue parce que...

— Ah ! Tu me ramènes enfin la nouvelle ! s'exclame une femme semblant tout droit descendue d'un arc-en-ciel tant elle porte de couleurs différentes, en se dirigeant vers nous. Je suis Véra, et toi, c'est Charlène, c'est ça ?

Je ravale ma confession.

22

Véra remercie Victor pour les feuilles de basilic, et nous invite dans son jardin pour prendre le goûter. Il n'y a qu'un portillon à passer pour nous retrouver sur une jolie terrasse fleurie face à la mer. Tandis que notre hôtesse va chercher un plateau, nous nous installons sur des chaises en fer. La peinture écaillée laisse imaginer les différentes teintes qu'elles ont arborées par le passé.

Victor enlève son bonnet, s'assoit, se gratte les mollets en me laissant entrevoir deux chaussettes parfaitement dépareillées, une jaune à motifs géométriques et une bleue unie, puis coïncidence ou non, se rappelle brusquement qu'il doit absolument donner un coup de main à la patronne du Repaire. Il marmonne une histoire de temps qui court plus vite que lui, se relève, file comme un collant trop fin sous des ongles trop longs et me laisse en compagnie de celle qu'il m'a présentée sous le nom de l'« Amazone ».

Immédiatement, je me sens de trop. Une boule d'angoisse monte dans ma gorge, me renvoyant des années plus tôt, sur le bord du terrain de volley, alors que tous les noms de mes camarades avaient été cités et qu'il ne restait que moi, dont personne ne voulait comme coéquipière. Véra m'a conviée parce que j'accompagnais Victor, mais elle doit maintenant s'en mordre les doigts. Elle a forcément mieux à faire que de me recevoir. Je réfléchis à une excuse pour ne pas l'indisposer quand elle se met à ricaner :

— Sacré Victor ! Il est comme le sable, il se faufile partout et tout le temps. Je ne compte plus les fois où il m'a laissée en plan avec deux tasses de thé. Ça me fait plaisir que tu restes, toi, au moins.

La boule d'angoisse s'évapore.

— C'est un personnage atypique, dis-je en souriant.

— Ah ça ! Il est incroyable. C'est un phare. Il rayonne, il réunit les âmes esseulées, il s'improvise entremetteur de rencontres, et puis il retourne vaquer à d'autres occupations et se fait oublier jusqu'à la fois d'après. Il réussit à se raconter sans jamais se livrer totalement. Il possède tellement de facettes que personne, je crois, ne le connaîtra véritablement.

Sa description titille ma curiosité :

— Pourquoi plusieurs facettes ? Il s'adapte à son interlocuteur ?

— Pas du tout, objecte Véra en rejetant par-dessus son épaule sa crinière – je ne vois pas d'autre mot pour qualifier son épaisse tignasse couleur feu. En tout cas, pas pour plaire aux autres. Il aime simplement les échanges multiples, et les gens. Mais assez parlé de lui, il n'avait qu'à pas nous abandonner lâchement !

Véra nous sert le thé dans un service en porcelaine ébréché, me propose une assiette de gâteaux, puis s'installe sur la chaise bancale face à moi tandis que les froufrous colorés de sa robe s'étalent autour d'elle. Je rassemble mes idées et mon courage pour lui parler de la photo sur laquelle Jonas et elle apparaissent aux côtés de ma mère lorsqu'elle lâche, sur le ton de la conversation légère :

— Dis-moi, Charlène, si tu étais un livre, quel serait ton titre ?

Heureusement que je n'avais pas commencé à boire mon thé, je l'aurais recraché. Encore une originale. Je devrais m'habituer, mais à chaque nouvelle rencontre, je suis un peu plus stupéfaite. Je réfléchis, mais aucune réponse ne me sied. Je préfère esquiver :

— C'est un rite de passage ?

— C'est un titre de roman ? répond-elle du tac au tac.

J'éclate de rire, et Véra s'excuse :

— Il est vrai que mon entrée en matière était peut-être un brin abrupte.

Je pouffe pour cacher ma gêne :

— Disons qu'elle était… singulière !

— N'aie pas peur de me traiter de folle, j'y suis habituée !

— Je ne me permettrais pas !

Véra fouille les poches de sa robe de hippie, attrape une cigarette, l'allume et tire une longue bouffée avant de m'expliquer sa théorie :

— Mes derniers cheminements de pensée m'ont conduite à envisager que potentiellement, nous étions tous, autant que nous sommes, les personnages d'une histoire. Parfois, j'imagine que ce qu'on vit est écrit par quelqu'un. Celui que les gens pieux appellent notre Créateur serait en réalité notre auteur. Ainsi, notre avenir pourrait dévier d'un simple coup de gomme, parce que l'écrivain est d'humeur grognon. Il détiendrait le pouvoir de sceller notre destin en une seule phrase.

Je réfléchis. Celui qu'elle identifie comme l'auteur, c'est à peu de chose près celui que j'appelle le marionnettiste de ma vie.

Devant mon silence, Véra reprend :

— Ce n'est pas une foi puissante qui me fige sur place, mais plutôt une façon de me motiver. Je veux rester dans mon histoire, alors je m'efforce d'être un personnage intéressant pour étonner mon auteur et ainsi conserver ma place. Tu trouves ça étrange ?

Cette fois, je n'ai plus honte de lui avouer ce que je pense :

— Un peu, oui, mais j'aime beaucoup ce raisonnement.

L'Amazone s'illumine :

— Ah ! J'ai tout de suite vu que tu serais du genre à apprécier. De toute façon, à mon âge, je me contrefiche de l'avis d'autrui ! Pour en revenir à ma question de départ, je me demande parfois : si on pouvait sauter d'un roman à un autre pour s'échapper de notre vie, alors quelle histoire nous conviendrait le mieux ? Je te rassure, personne n'a jamais réussi à me donner de réponse toute faite. Mais j'aime bien la poser, parce que ça permet aux gens d'y réfléchir.

Une brise de vent fait frémir la robe chatoyante de mon hôtesse. Ce léger bruit, associé aux émotions qui m'habitent depuis que je suis ici, me provoque une bouffée de joie. Elle remonte de mon cœur jusqu'à ma gorge. Je fixe un bateau qui s'éloigne vers la ligne d'horizon et lâche :

— Je ne sais pas exactement quel titre ni quel texte je voudrais avoir... mais j'aimerais que ce soit une histoire qui procure du bonheur aux gens qui la lisent.

— C'est une jolie réponse, Charlène, déclare l'Amazone en caressant ma main de ses longs doigts aux ongles vert émeraude. Tu me fais penser à quelqu'un.

Je tressaille. Le temps des révélations est-il enclenché ? J'en ai envie et à la fois, je préférerais que la douceur de l'instant ne soit pas brisée.

— Ah bon... à qui ?

— À moi, quand j'étais un peu plus jeune que toi.

23

Vendredi 11 mars 2022

Aujourd'hui, des gens vont visiter notre maison. Cette pensée me file le bourdon. J'imagine un couple souriant et amoureux entrer dans ces lieux où j'ai cru, moi aussi, que je serais heureuse.

Ils vont s'imprégner de l'atmosphère, s'imaginer regarder une série dans le salon ou se préparer un repas de famille dans la cuisine. Peut-être ont-ils déjà des enfants, ou alors le projet est bien lancé.

Je me souviens du jour où nous y sommes entrés pour la première fois, Hervé et moi.

Sur le papier, la maison avait tout pour nous séduire.

Pourtant, je n'avais pas été conquise.

J'avais éprouvé une étrange sensation. Comme une mauvaise intuition. Je me promenais dans les pièces en essayant de comprendre mon malaise afin de pouvoir le retranscrire. Hervé, lui, vérifiait les murs, l'isolation, la tuyauterie. Il discutait frais de rénovation, murs porteurs et radiateurs. Je voyais son regard s'éclairer, même s'il tentait de cacher son intérêt à l'agent immobilier.

« Il va falloir se décider vite, avait annoncé ce dernier. Le couple qui vient de visiter veut faire une offre. Leur dossier est moins solide que le vôtre, mais quelquefois, ça se joue à rien et on regrette. »

Hervé m'avait entraînée au fond du jardin pour discuter en privé.

Alors que je tâchais de mettre des mots sur les émotions qui m'avaient traversée, il avait jubilé : « On signe ? », m'avait-il chuchoté. J'avais ressenti son excitation, son envie.

J'avais ravalé mon intuition, me persuadant qu'elle était due à l'appréhension du premier investissement immobilier. Une vraie décision d'adulte, cela ne pouvait que m'ébranler.

Ce qui est bizarre, c'est que s'il ne m'avait pas quittée, je ne me serais sûrement jamais repassé le film dans ma tête. J'aurais laissé, comme sur le dessin des *zétadam*, mon mouchoir par-dessus.

Je me demande quelles autres envies j'ai bien pu inconsciemment enfouir pour mieux lui plaire.

Est-ce que je me suis menti à moi-même ? Est-ce que je lui ai menti à lui, pour qu'il se sente bien, ou pour le convaincre que j'étais faite pour lui ? Et cette façon d'agir n'est-elle pas, en réalité, la mienne depuis toujours ?

Cette question me ramène à notre première conversation sur notre désir d'enfant. À l'époque, même si j'avais été embarquée par l'enthousiasme d'Hervé, j'étais convaincue que la maternité n'était pas faite pour moi. Je ne me sentais pas capable de devenir une bonne maman. La mienne ne m'avait pas montré l'exemple de l'amour fusionnel qu'on peut lire dans les belles histoires. Elle m'avait eue très jeune, évidemment, et j'étais sûre, même si ces mots n'avaient jamais été prononcés, que je n'avais pas été réellement désirée. Alors comment devenir une mère quand la sienne a été défaillante ? Quel exemple suivre ? Les premiers mois après l'arrêt de ma pilule, j'avais secrètement apprécié de ne pas tomber enceinte. Et puis, en voyant la mine d'Hervé s'assombrir à chaque nouveau cycle qui débutait, je m'en étais voulu. Jusqu'à culpabiliser de ne pas pouvoir enfanter, quasi certaine que mes mornes pensées avaient influencé mes fausses couches. Plus le temps passait, plus je désirais cette grossesse de toutes mes forces. Peut-être parce que je n'y arrivais pas, ou alors parce que je pressentais que c'était cela qui allait permettre à mon couple de perdurer. Mais qu'est-ce que je voulais vraiment, au fond de moi ? Je n'arrive même pas à le déterminer.

Comme ce n'est pas en ruminant que je vais le découvrir, j'enfile mes baskets et mon anorak. Le vent souffle particulièrement fort aujourd'hui, alors je pars en promenade au milieu des terres.

Un son inexplicable me pousse à me diriger vers un lieu encore inexploré. Cela ressemble à un cri d'insecte, à la différence qu'il ne se tait jamais. Un insecte n'est-il pas censé reprendre sa respiration ?

Tout à coup, le bruit s'amplifie tandis qu'un animal se précipite sur moi en volant, prêt à m'attaquer, à planter ses griffes dans ma chair… Je crie et me jette au sol, visage dans la gadoue, mains sur la tête. Ma vie défile dans mon esprit. C'est rapide et pas particulièrement glorieux.

— Cha ? Tout va bien ?

Je redresse le menton en entendant la voix de Félicie. Je laisse quand même mes mains en protection, juste au cas où, et scrute l'horizon. La bête a disparu, je n'avais pas remarqué qu'elle s'était tue. Je me relève l'air de rien, et la jolie blonde éclate de rire. Mon regard accroche l'objet qu'elle tient à la main.

— Qu'est-ce que tu fous avec un drone ? Mon cœur vient de se désolidariser du reste de mon être !

— Je suis vraiment désolée pour ton cœur et pour la boue ! Mais j'espère quand même que j'ai réussi à te filmer, ça valait le coup !

Des larmes d'hilarité inondent ses joues tandis qu'elle rejoue la scène, en exagérant, évidemment. D'abord piquée, je finis par rire avec elle en priant pour que le drone n'ait pas réussi à capturer ces images que je n'ai aucune envie de découvrir.

Quand le calme revient et que je me suis essuyé le visage, elle m'explique :

— Bon, je te raconte un truc, mais si tu te fous de moi, je me verrai dans l'obligation d'utiliser cette vidéo d'une manière ou d'une autre, OK ?

Elle prend mon grognement pour une approbation et son regard s'embrase :

— Il y a quelques semaines, j'ai eu une révélation en passant ici. Regarde.

Du bout du doigt, elle me désigne des moutons qui paissent dans le champ. Je présume qu'elle attend que je réagisse, alors je me concentre :

— Tu… t'es mise au tricot ?

— Mais non, patate ! se moque-t-elle en me montrant son drone. Tu vois ces adorables moutons ? Ils sont trop *mims*, non ? continue-t-elle avec fébrilité. Je me suis dit que si je les filmais depuis le ciel, on pourrait les prendre pour des nuages.

Je la fixe, perplexe. Je ne suis pas sûre de comprendre le but de la manœuvre, mais je n'ai pas envie de la vexer. Qui sait ce qu'une youtubeuse pourrait faire d'une vidéo de moi en train de nager dans la gadoue.

Je tente :

— Et ça rend bien ?

— Plus que bien même ! s'enflamme-t-elle, les yeux pétillants. Bon, au début, je filmais sans but précis, à l'arrache totale. Je dois admettre que ce n'était pas palpitant. Mais depuis, j'ai élaboré un projet. Le berger, Félix, a au moins trois cents ans. Il n'est pas contre un coup de main pour nourrir les bêtes. Du coup, c'est moi qui leur donne leur nourriture, mais de façon ingénieuse : j'écris des mots ou je dessine des formes avec les céréales que je dispose au sol. Ensuite, je donne le top départ. Les moutons viennent manger et moi, je filme. Ce sont des pros, je te jure. Ils ont le *swag** ! On dirait que genre, ils ont fait ça toute leur vie.

— Ah, et bien, euh, super…

Elle me toise avec compassion :

— Tu dis « super », mais je vois bien que tu te forces. Tu n'as pas saisi le concept : je suis en train de créer une forme d'art ! Il y a eu Andy Warhol et le pop

* L'expression « avoir le *swag* » signifie avoir du style.

art, les hommes préhistoriques et leurs graffitis dans les grottes... et il y a maintenant moi, et mes messages lanigères !

— Tes messages... quoi ?

Félicie souffle, en mode artiste incomprise :

— Bon. Les moutons sont lanigères, tu es d'accord ? Ne me dis pas le contraire, j'ai vérifié dans le dictionnaire de Jeanne : « Est lanigère ce qui porte la laine. »

— Euh, oui...

— Et moi, je crée des messages grâce à eux. Donc, des messages lanigères ! Ce sera le nom de ma chaîne YouTube et de mon compte Instagram. Je vais faire des montages vidéo, que j'associerai à des musiques libres de droit... Oh ! Peut-être que Jonas acceptera de me jouer des airs à la guitare !

— Je n'ai pas tout à fait compris, mais je vois que ça te rend heureuse, alors je suis ravie pour toi.

Un mélange de fierté et de contentement illumine son visage :

— En bref, j'ai trouvé le moyen de rester sur Internet sans me montrer. Je suis au taquet ! Je te jure, ça va tout déchirer. Tiens, d'ailleurs, toi qui manies les mots, tu m'écrirais des textes pour que je les lise sur mes vidéos ? Des trucs un brin poétiques avec quelques mots-clés ?

— Je ne suis pas sûre d'être une poète, mais si tu me donnes des indications, je veux bien essayer !

— Génial ! Je suis trop contente, merci !

Elle tourne sur elle-même puis me prend dans ses bras. Quant à moi, même si je n'ai pas intégré toutes les données de son plan, vu comme elle y croit, je suis persuadée que le succès sera au rendez-vous.

— Oh ! Je ne t'ai pas raconté ! J'ai avancé sur le mystère de Broavel, s'écrie-t-elle, l'air à nouveau sérieux.

Mon cœur se contracte dans ma poitrine. Je souffle :

— Quelqu'un t'a parlé de ma mère ?

— Ah non, *sorry*, pas ce mystère-là. Celui de Victor et de Jeanne. Apparemment, ils ont des soucis d'argent. S'ils ne parviennent pas à rétablir leurs finances, ils vont devoir revendre les Oisillons, et ça mettrait tout le monde dans la panade.

— Pourquoi ?

— Parce qu'il y a un promoteur qui est intéressé. Mais son projet à lui, ce serait de tout raser pour construire un domaine de luxe avec golf et piscine à débordement.

L'image d'un complexe hôtelier bling-bling à souhait s'incruste dans mon cerveau. On n'est pas à Las Vegas ici, mais à Broavel, et la nature n'a rien à envier au luxe superficiel.

— Oh, merde ! Qu'est-ce qu'on pourrait faire pour les aider ?

— Ne pas leur en parler, pour le moment, ils ne savent pas que Magda, la patronne du Repaire, a vendu la mèche. Sinon, malheureusement, à part gagner à l'EuroMillions… Je ne sais pas.

24

10 juillet 1986

— Hey, la sirène, ça te dit, un tour en barque ?

Irène redressa la tête. Assise contre un rocher sur la plage, elle était en train de décrire dans le carnet confié par sa mère l'idiotie des jeunes qui travaillaient avec elle. Ils avaient bien essayé de l'inclure dans leur groupe, mais elle était restée sur sa ligne de conduite. Elle n'était pas venue pour nouer des amitiés. Des amis, elle en avait chez elle. Ici, c'était une parenthèse, avec un objectif dont la fin de l'été représentait la ligne d'arrivée.

Les autres avaient rapidement lâché l'affaire. Tout au plus l'appelaient-ils la « sirène », parce que dès qu'ils avaient du temps libre, elle filait s'isoler sur un rocher, d'où elle passait des heures à contempler le paysage.

— Elle est à qui, la barque ?

— C'est la mienne, répondit Jonas. Elle n'est pas de première fraîcheur, je suis en train de la retaper. Mais elle est solide, on ne devrait pas couler. Enfin, pour le savoir, il faut tester !

Un sourire radieux s'épanouit sur ses lèvres. Ce Jonas était le seul qu'elle appréciait. Il vivait ici toute l'année. Avec Véra, une grande rousse exubérante, ils étaient les deux seuls Broavéliens engagés par Victor. Eux non plus ne se mêlaient pas trop aux jeunes bruyants qui dormaient aux Oisillons.

— Mais il va bientôt faire nuit, argua-t-elle, les yeux levés vers le ciel.

— Oui, et c'est le meilleur endroit pour observer les étoiles.

Elle réfléchit quelques secondes. Après tout, que risquait-elle ?

— D'accord. Laisse-moi juste ranger mes affaires.

— Oh, bien. Super.

Il semblait surpris qu'elle ait accepté. Surpris, mais heureux.

Elle fourra son carnet et son crayon dans son sac, secoua sa serviette pour enlever les grains de sable, et suivit Jonas jusqu'à son bateau.

Elle contint difficilement un rictus agacé lorsqu'elle découvrit Véra à bord de l'embarcation. Toutes les deux ne s'étaient jamais parlé. Elles se toisaient, elles se jugeaient, elles s'ignoraient la plupart du temps. Irène pensait que Véra était amoureuse de Jonas et qu'elle appréciait moyennement que ce dernier daigne s'intéresser à elle. Si elle avait su à quel point elle s'en foutait, pensa Irène, elle se serait détendue. Mais elle n'allait pas la rassurer. Chacun ses problèmes.

Jonas attrapa sa main et l'aida à monter dans la barque.

Elle salua la rouquine d'un geste du menton, rangea ses lunettes de soleil au fond de son sac et se laissa bercer par les vagues.

Jonas parlait seul et ne semblait pas s'en offusquer.

— On va s'approcher du phare, vous voulez monter ?

— On peut monter dans le phare ? interrogea Irène.

— Non, il est inaccessible depuis qu'il a été automatisé, il y a trois ans. Mais on peut grimper sur le rocher qui l'entoure.

— Ah. Alors va pour le rocher, approuva-t-elle, tandis que Véra acceptait d'un signe de tête.

Sans les avoir prévenues, Jonas se redressa d'un bond et débita :

— La tendresse est plus forte que la dureté, l'eau est plus forte que le rocher, l'amour est plus fort que la violence. Hermann Hesse.

Le regard d'Irène croisa celui de Véra. Cette dernière grimaça en haussant les épaules, pour lui signifier que cette façon de s'emporter était habituelle. Elles éclatèrent de rire.

— T'es vraiment une truffe, mon pauvre, lâcha la tonitruante Véra.

— Ça te prend souvent ? surenchérit Irène.

Jonas éprouva un sentiment de victoire à les voir se moquer de lui ensemble. Il ne dirait pas cette citation à haute voix, mais il savait une chose : de la complicité naît l'amitié.

— Riez, riez ! Un jour, ce sont mes phrases que vous citerez. Et vous vous souviendrez de ce moment en ayant honte de vous être moquées.

Irène se tut soudainement. Le nez en l'air, elle venait de prendre conscience du toit que leur offraient les étoiles. D'ici, elles semblaient bien moins hautes que depuis son jardin. Elle avait l'impression qu'ils avançaient dans une boule à neige, avec la constellation en guise de flocons.

Jonas, qui avait surpris le changement d'attitude de la jeune femme, éteignit sa lampe torche.

Elle soupira de satisfaction.

Pendant de longues minutes, ils laissèrent la barque dériver là où la Lune, en agissant sur la marée, voulait bien les emmener.

Irène espérait de tout cœur pouvoir distinguer une étoile filante, pour faire un vœu.

Tout à coup, Jonas, qui commençait à s'ennuyer, s'improvisa astronome :

— Bon, jeunes filles, un peu de culture. Vous voyez la Grande Ourse ?

Devant leurs moues inexpressives, il enchaîna :

— Ce sont les étoiles qui forment une petite cuillère, juste là.

Véra se mit à rire, aussitôt imitée par Irène.

— Tu veux parler de la casserole, monsieur le spécialiste ? demanda Véra en gloussant.

— Oh, ça va, une cuillère, une casserole, c'est du pareil au même.

Pendant une demi-heure, elles le taquinèrent sur ses piètres talents d'astronome en désignant fourchette, couteau et autres assiettes dans la voûte céleste.

Deux heures plus tard, lorsqu'ils posèrent les pieds sur le sable, ils avaient mal aux côtes et aux joues.

— Demain, ça vous dit qu'on se retrouve tous les trois ? demanda Jonas.

Sans se concerter, elles acquiescèrent.

Jonas avait raison. De la complicité naît l'amitié.

25

Alors que je me dirige vers les Oisillons, Broavel réussit une fois encore à me surprendre. Près de l'étang, un concert à ciel ouvert me fait ralentir puis m'arrêter complètement. Les oiseaux se répondent dans un canon parfaitement maîtrisé. Les grenouilles s'en donnent à cœur joie, elles croassent en rythme. Un lapin, plus hardi ou plus inconscient que les autres, semble faire office de chef d'orchestre. Les canards glissent doucement sur l'eau, dessinant dans leur sillage une portée sans si ni bémol. Je me tiens là, spectatrice privilégiée, sans oser bouger pour ne pas les apeurer, quand une boule de poils saute dans l'étang, en m'aspergeant au passage – comme si la gadoue ne m'avait pas suffi. Merci Robin. Zélie lui crie de revenir, mais le récital est terminé.

— Désolée Cha, tu écoutais les grenouilles ? Robin croit qu'il sait chasser, mais le pauvre, il est vraiment trop lent ! Je reviens de l'école, le fils de la maîtresse a de la fièvre alors elle l'a emmené voir Véra. Du coup, j'ai pas classe cet après-midi.

— Ce n'est rien, Zélie, j'ai de toute façon besoin de me doucher. À quoi vas-tu occuper la fin de ta journée ?

Et hop, une pièce dans la machine, Zélie est lancée et fait la conversation pour nous deux.

— Je ne sais pas. Peut-être que je vais aller dans la serre pour jardiner avec Tadig, ou retrouver Félicie. Elle filme les moutons, elle arrête pas de tomber dans la gadoue et de dire des gros mots, et ça me fait rigoler. C'est dommage, en ce moment il n'y a pas de canard souchet. Tu connais ?

— Je ne crois pas, non.

— C'est normal, m'informe-t-elle sur le ton de la confidence. Ils sont rares, on n'en voit pas souvent. Des fois, faut pas bouger pendant hyper trop longtemps et ça colle des fourmis dans les jambes et après, quand tu te relèves, tes pieds n'écoutent plus ton cerveau. Tadig me prête ses jumelles, j'ai le droit parce que j'y fais très attention. C'est lui qui m'a appris à les reconnaître. Il est fortiche avec les animaux, Tadig.

— Tadig, c'est Victor, c'est ça ?

— Oui, ça veut dire « papi » en langue bretonne. C'est pas mon vrai grand-père, Tadig, tu sais. Il s'est marié avec Mamig quand ma maman était petite, j'ai vu les photos. Ils étaient beaux. Et puis on s'en fiche, de l'arbre *génialogique*, parce que c'est le meilleur grand-père du monde. Il m'a appris à soigner les goélands blessés.

Mon cœur se retrouve tout à coup enseveli sous une bouffée d'amour qui me fait monter les larmes aux yeux. Je cligne des paupières et tente de masquer mon émotion :

— Ah oui ? Et comment se blessent-ils, les goélands ?

— Ils essaient de voler pendant les tempêtes, mais le vent souffle trop fort pour eux, et ils vont s'écraser contre les rochers. Alors après l'averse, avec Tadig, on ramasse ceux qui sont tombés. Véra nous donne des bandes de gaze pour leur faire des bandages. On ramasse aussi les lapins morts.

— Tu ramasses les lapins morts ?

— Bah oui. Je les mets dans des sacs-poubelle. T'en as jamais vu sur le chemin ? Ils meurent de la *mixpatatoze*. Je sais que c'est pas le bon mot, me confie-t-elle avec un clin d'œil complice, mais je l'ai inventé quand j'étais petite et ça fait rire Mamig donc je continue. Donc, ils meurent de la *mixpatatoze*, et les mouches viennent sur eux, et après, elles rendent malades les autres lapins. Du coup, ça finit jamais, sauf si on les ramasse à chaque fois. En plus, ma copine Justine, ça la rend triste quand on croise un lapin mort. Et moi, j'ai pas envie qu'elle ait de la peine.

J'effleure sa joue de ma main.

— Tu es vraiment une merveilleuse amie.

— Bah c'est normal, affirme-t-elle en frottant son visage contre ma paume, de la même manière qu'un chaton demande des caresses. Les amis, c'est comme la famille, et il faut prendre soin de sa famille. Et Justine aussi, elle est gentille avec moi, même si des fois ça m'embête parce qu'elle se dispute avec Achille et que je dois choisir avec qui je dois traîner. C'est comme Véra et Jonas quand ils se retrouvent au même endroit, Mamig dit que si on leur mettait un fil à la patte, ça donnerait de l'électricité pour toute l'île. Mais après elle dit qu'elle plaisante et que je dois pas le répéter. Oups. Trop tard.

— Ils ne s'entendent pas bien, Jonas et Véra ?

— Ils ont été amis y a très longtemps, quand j'étais pas née. Mais après Jonas est parti sur un gros bateau, et quand il est revenu, ils avaient dû oublier. Mais personne ne sait pourquoi. Tiens, je sais ce que je vais faire. Je vais aller chercher Justine et Achille pour leur montrer les grenouilles. Tu remontes aux Oisillons ? Tu pourras dire à Tadig ou Mamig que je suis là ?

— Oui, si tu as le droit, je préviendrai Victor ou Jeanne.

— Trop super ! Merci !

Je poursuis mon chemin après un signe de la main.

Ainsi, Jonas et Véra, les deux seuls jeunes qu'on a réussi à reconnaître sur la photo avec ma mère, ne se parlent plus depuis des années. Hasard ou piste à creuser ? Peut-être qu'une dispute les a séparés, et que ma mère en est la cause. Je m'en veux de n'avoir pas osé mentionner qui j'étais devant eux. Est-ce que leur regard sur moi va changer si je leur dis maintenant ? Je m'oblige à ne pas y songer pour m'éviter de nouveaux nœuds au cerveau. J'en parlerai avec Félicie, elle saura me rassurer.

Tout en marchant vers les Oisillons, je repense à ce que m'a raconté Zélie sur son grand-père. Elle a de la chance de pouvoir compter sur Jeanne et sur Victor. Ils s'investissent tellement avec elle, c'est vraiment touchant. Je n'ai jamais connu mes grands-parents maternels, et les parents de mon père ont déménagé à l'autre bout de la France quand j'étais bébé. Depuis, ils prennent de nos nouvelles une fois par an, et n'agissent en rien comme le font Victor et Jeanne.

L'exemple de Victor me montre par ailleurs que les liens du sang ne font pas tout dans la vie. Je trouve ça encore plus attendrissant. Est-ce que j'aimerais toujours mon père si j'apprenais qu'il n'était pas celui qui m'a conçue ? Est-ce que ça me le rendrait plus sympathique, plus humain ? Ou au contraire, est-ce que cela annihilerait définitivement le peu qui nous lie ? Nous ne sommes pas très proches, lui et moi, encore moins qu'avec ma mère. Il est plus vieux que maman, et je crois que je ne l'ai jamais vraiment intéressée. Sa carrière a toujours eu la priorité, il a laissé le soin à ma mère de m'élever. Je fais partie du paysage, mais il n'est pas spécialement fier de moi. Alors, est-ce que ça changerait quelque chose si je découvrais que je ne suis pas son enfant légitime ? Entre lui et moi, sans doute rien. Mais cela m'autoriserait peut-être à être moins bancale… ou à trouver cela plus normal.

26

— Salut, la citadine !

Je sursaute et tourne sur moi-même, surprise, avant de détecter que la voix de Victor provient d'une serre dissimulée derrière des arbustes. Il sort la tête pour me saluer.

Fidèle à ma promesse, je m'approche pour le prévenir que Zélie n'a pas classe, et qu'elle est partie rejoindre ses copains. Ébahie, je découvre la coquette maison de verre.

— Cette serre est magnifique, Victor !

— C'est tout un art, les plantations, la citadine. Tu veux que je te fasse visiter ?

— Volontiers !

Victor est un passionné. Fleurs, légumes d'antan, plantes aromatiques, phases de la Lune, j'ai le droit à la bible du jardinier en quinze minutes chrono. À côté, le guide du jardinage pour les Nuls est bon pour le compost. Je n'ai pas retenu le dixième de ses explications, mais comme lorsque Félicie me parle de ses moutons, voir la passion briller dans les prunelles du vieil homme me fait chaud au cœur.

— C'est un travail colossal ! dis-je, admirative.

— Plus de quarante ans de boulot, oui. Quand j'ai commencé à planter les premières graines, tout le monde s'est moqué de moi. Sur cette terre, disaient-ils ? La seule chose qui pousse, ce sont des plantes déjà sèches et des cailloux. Mais j'étais déterminé. J'ai essayé, échoué souvent. Et aujourd'hui, voilà le résultat. Si je devais partir, c'est ce qui me manquerait le plus, je crois.

— Tu voudrais partir ?

Victor s'assoit sur un banc et me fait signe de le rejoindre avant de tourner son visage vers le soleil. Les yeux mi-clos, il m'explique :

— Je me dois d'envisager l'obligation de vendre les Oisillons. Pas de gaieté de cœur, je t'assure, mais les solutions sont aussi maigres que mes économies. Toute ma vie, j'ai été un piètre comptable, plus occupé à papoter qu'à donner les factures ou à réclamer les impayés... et voilà, ça me retombe dessus. Tout ce que j'espère désormais, c'est que quand ça arrivera, je pourrais transmettre tout ça à quelqu'un qui aimera Broavel pour ce qu'est l'île plutôt qu'à ceux qui sont aujourd'hui intéressés.

— Le promoteur immobilier, c'est ça ? J'en ai entendu parler.

Il se tape la cuisse du plat de la main en s'esclaffant :

— Ah, tu commences à faire partie de Broavel, alors, si les ragots viennent jusqu'à toi.

Mes pommettes prennent une teinte rosée. J'aurais dû tourner sept fois ma langue dans ma bouche avant de parler.

— Ce serait vraiment terrible, de leur revendre à eux ?

Il acquiesce et lâche un profond soupir avant de poursuivre :

— Broavel a une âme. Aucun des habitants ne pourrait supporter un complexe hôtelier de luxe sur le rocher, sans compter les travaux qui modifieraient le paysage. Ce serait catastrophique pour Jeanne et moi, mais aussi pour Zélie, et pour tous les îliens. L'argent n'est pas ce qui nous motive par ici. On aspire au calme, et on vit au sein d'une communauté qui s'est construite sur des valeurs communes d'entraide, de respect et de bienveillance. Mais gardons le cap, matelot ! Et moi, il faut que j'arrête de te raconter mes malheurs sinon Jeanne va me taper sur les doigts !

— Ça ne me dérange pas, au contraire ! Si je pouvais aider à trouver des idées...

— Concentre-toi sur ton bien-être, va. Nous, on va réfléchir à tout ça. Comme dit Jonas, tant que rien n'est perdu, y a bien de l'espoir !

— Jonas a toujours disserté ainsi ?

— Jonas aime surtout se donner en spectacle pour mieux cacher qui il est vraiment. Il me fait penser aux poules de Jeanne. Il cancane fort, mais c'est juste pour qu'on ne s'approche pas trop de lui. En tout cas, pas à la personne sensible qu'il est réellement.

Encouragée par les confidences de Victor, je m'enhardis :

— J'ai entendu que Véra et lui ne s'appréciaient pas trop ?

— Parfois, quand on s'est beaucoup aimés et qu'on a été déçus, la haine semble plus facile à appréhender que les regrets.

— Qu'est-ce que ça signifie ? Ils ont été ensemble ?

— Oh ça... Aucun ragot de l'île ne te donnera une version identique. Je crois qu'ils aiment se lancer des piques, ça fait travailler leurs cerveaux ! Tu es déjà allée au Repaire ?

Subtile manière de changer de sujet. Bonne joueuse, j'accepte la diversion.

— Non, jamais, pourquoi ?

— Viens donc à l'heure de l'apéro, je suis sûre que ça pourrait te plaire !

27

La cloche de l'église sonne les 19 heures lorsque j'arrive au centre du village.

Village est un bien grand mot. En descendant la longue côte qui mène des Oisillons au port, il suffit de bifurquer à gauche plutôt qu'à droite ; et on y est. Trois rues entourent une place, en contrebas d'une colline sur laquelle siège l'église. Les écriteaux les mentionnent comme « la rue principale », « la rue de derrière » et « la rue de devant ». Tout est dit. En tout et pour tout, une vingtaine de maisons sont regroupées. Sur le continent, on appellerait ça un petit lotissement. Ici, c'est un bourg.

Les maisons ont le charme des vacances en Bretagne. De la vieille pierre, des couleurs et du cachet. La plupart des volets sont fermés, les habitations doivent appartenir à des saisonniers. Des résidences secondaires dans lesquelles on se promet de venir à chaque congé, mais qui deviennent des nids à poussière qu'on passe plus de temps à réparer qu'à apprécier.

Hervé voulait absolument qu'on en ait une. J'ai osé arguer que si nous avions un pied-à-terre quelque part, on ne pourrait plus jamais aller ailleurs, mais mon père l'a convaincu de l'intérêt d'une telle acquisition. Il venait lui-même d'investir à la montagne, alors que je ne l'ai jamais vu chausser de skis. Nous avons fini par acheter, enfin Hervé surtout, un appartement au Touquet, il y a cinq ans. Pour aller manger des plateaux de fruits de mer, ce serait idéal. Je venais de démarrer un processus de FIV quand on y a séjourné pour la première fois. J'ai passé le week-end roulée en boule à espérer être ailleurs. Déjà à ce moment-là, Hervé ne parvenait plus à être dans l'empathie. Ce qui se passait dans ma tête et dans mon corps était trop abstrait pour lui. Je cherchais à feindre la bonne humeur pour ne pas l'inquiéter, et lui, malgré sa bonne volonté, ne comprenait pas mes angoisses. Avec le recul, je me rends compte que la communication était déjà rompue, le fossé entre nous déjà creusé. Il s'est transformé ensuite en abîme.

On est retournés trois fois dans l'appartement en se forçant un peu, mais cela ne nous a pas permis de nous retrouver.

Mon ventre se tord quand je pense qu'il y emmènera sa nouvelle amoureuse. À moins qu'il préfère le revendre plutôt que de me racheter mes parts.

Tout cela aussi m'angoisse terriblement. Les heures à discuter par avocats interposés, à diviser ce qui nous a liés pendant des années, à mettre un prix sur des objets choisis quand on s'aimait… Je ne suis pas matérialiste, il peut bien tout garder, mais l'envie de lui faire du mal en discutant de l'avenir de sa Mercedes me titille, je dois bien l'avouer. Je ne suis qu'un être humain, après tout.

Le café-épicerie semble tellement animé que j'envisage de passer mon tour. Je ne suis pas sûre d'être capable d'y entrer seule. Je ne saurais pas comment réagir face aux paires d'yeux qui se braqueront très certainement sur l'étrangère que je suis.

Là-dedans, ça grouille, ça rit, ça vibre, ça vit. Tous les habitants de Broavel ou presque doivent se trouver au comptoir. Peut-être mon « J », ou des gens qui ont bien connu ma mère. Peut-être même mon géniteur.

Si j'étais celle que je veux être, je pousserais la porte de ce bistrot la tête haute. Je lâcherais un bonjour qui en impose, me présenterais comme la fille d'Irène. Je demanderais si quelqu'un l'a connue, ce qu'on peut me raconter à son sujet. Je n'aurais pas peur de mon ombre, si j'étais celle que je m'imagine parfois être avant de me rappeler que je ne suis que moi. Alors je reste plantée là, avec mes angoisses et mes regrets.

— Hey, Cha !

Je me retourne. Félicie arrive de la pointe ouest de l'île. Elle est aérienne, presque lunaire. Elle me fait penser à une fildeériste, elle ne marche pas, elle glisse, elle vole, sa simple présence embrase l'air. Ses cheveux blonds et son regard bleu lui confèrent l'apparence d'un ange, même si son air mutin inverse la tendance.

— Tu vas au Repaire ?

Je secoue la tête de haut à droite et de bas à gauche, pas tout à fait décidée. La jolie blonde prend ça pour un oui.

— Top ! Je t'accompagne. J'ai bien envie d'une bonne bière et d'écouter un peu les ragots. Qui sait, on pourrait réussir à en savoir plus sur notre mystère !

— Si tu parles de ma mère, je ne pense pas. En revanche, j'ai des trucs à t'apprendre sur les Oisillons, j'ai discuté avec Victor cet aprèm.

— Ah, génial ! Go ?

Elle m'attrape par le bras sans remarquer mon hésitation.

Et je la suis. C'est comme si le marionnettiste de ma vie venait de m'envoyer un paquet de confiance en moi, personnifié par une jeune femme bien dans sa peau. Je la regarde pousser la porte comme j'aurais aimé le faire. Tout laisse à croire qu'elle ne connaît pas les angoisses, les peurs, les doutes. Et pourtant, je sais qu'elle a des failles. J'admire son courage.

Des visages curieux se retournent sur notre entrée dans le bistrot, mais tous convergent vers Félicie. J'ai l'impression d'avoir vingt ans et de tenir les sacs à main en boîte de nuit. Des salutations fusent, rendant notre présence quasi normale. Les nouvelles vont vite sur ce bout de terre.

J'embrasse le lieu du regard. Je n'aurais jamais imaginé que derrière cette devanture vieillotte se cache ce genre d'endroit. Côté rue, de larges fauteuils disposés sur une épaisse moquette design entourent des tables gigognes en verre. Le tout forme un espace cosy, propice à l'évasion. De hautes étagères livrent une version hétéroclite d'une bibliothèque, où se côtoient dans une harmonie toute relative des guides de cuisine, des romances vintage et des essais philosophiques.

Au milieu de l'immense salle, les tables se touchent, bordées de bancs en bois.

Une épicerie, séparée du reste de la pièce par des paravents remplis de photos, fait office de caverne d'Ali Baba. Je ne peux pas tout voir d'où je me trouve, mais les rayonnages semblent bien mieux fournis que dans mon épicerie de quartier.

Félicie s'approche du comptoir derrière lequel trône un savoureux mélange de Castafiore et de mamma méditerranéenne.

— Coucou Magda, tu as bonne mine aujourd'hui ! Toi, t'as testé le *highlighter* que je t'ai filé !

— Tu avais raison, petite. Ça change une femme, admet la dénommée Magda en se laissant admirer sous toutes les coutures. Qu'est-ce que je vous sers ?

— Une blonde en pression, s'il te plaît, et Charlène… tu prends quoi, Cha ?

— Euh… une limonade ?

— OK les filles, une pression et une limonade. Enchantée, Charlène, t'es la nouvelle des Oisillons, c'est ça ?

J'acquiesce en souriant, rassurée sur la discrétion de la patronne.

Elle ajoute ensuite sur un ton tonitruant :

— Hey, Broavel ! Voici Charlène, c'est une Oisillon !

Pour la discrétion, on repassera.

— Bienvenue, Charlène ! rugit la dizaine de clients dans une synchronisation aléatoire.

On se croirait à une réunion d'alcooliques anonymes qui auraient déjà entamé l'apéro. Je me sens rougir jusqu'à la racine des cheveux, mais je les salue du bout des lèvres.

Félicie se vautre dans un fauteuil club en cuir. Je m'installe sur le siège à côté, les joues brûlantes.

— Cha, ça va ? s'inquiète-t-elle.

— Oui oui, ça va.

— T'es toute rouge…

Bim. Je vire de coquelicot à tomate trop mûre. Je colle mes deux mains sur mes joues en feignant l'indifférence, et marmonne :

— Oui, mais c'est ma teinte naturelle, ça va, ça vient.

— Ah oui, je sais ce que c'est, assure-t-elle.

Je réplique avec une moue pleine d'indulgence :

— Permets-moi d'en douter.

— Oh non, pas pour l'avoir vécu, répond-elle, mais j'ai lu un article formidable au sujet de la fonction sociale du rougissement.

— Ah bon ? Est-ce que ça donnait des pistes pour le traiter ? Parce que, si c'est le cas, ça m'intéresse !

— Non, je ne crois pas. Apparemment, il existe des thérapies qui permettent de mieux les contrôler, mais l'objectif de ce papier, c'était d'expliquer la normalité du phénomène. Il s'agit d'une réaction épidermique envoyée par le cerveau pour signaler à notre interlocuteur qu'on sent notre identité publique menacée. *Amazing*, non ?

Amazing, oui. Si je pouvais me créer un rideau de cheveux à fermer devant mon visage, ce serait mieux. Je ronchonne :

— Ça dépend pour qui.

— Bah pour l'interlocuteur, rétorque Félicie comme si ça coulait de source. Si tout le monde était au courant, ce serait vraiment top.

— Si tout le monde était averti que mon cerveau imagine mon identité sociale menacée ? Ah oui, ce serait parfait, tiens !

— Mais non. Ne prends pas tout au pied de la lettre. Réfléchis. Rougir, c'est un message d'apaisement que tu envoies à l'autre. Il faut donc simplement que tu apprennes à te foutre de l'opinion des gens.

Je maugrée :

— J'y travaille, mais ce n'est pas évident…

J'ai envie de parler de ma liste pour devenir la vraie Charlène, mais je me ravise. Encore cette foutue crainte du jugement.

— Tu sais, Cha, je crois que tu n'as juste pas été assez entourée. En tout cas, pas des bonnes personnes. La confiance en soi, elle vient aussi du jugement des autres. C'est un serpent qui se mord la queue.

— Comment ça ?

— Bien entourée, par des personnes qui croient en toi, tu peux t'accorder à toi-même ta confiance. Mal entourée, tu vois les propres faiblesses des gens dans le regard qu'ils te portent. Elles se reflètent alors dans tes yeux à toi, et tu les prends pour toi.

— Oui, tu as sûrement raison, mais je ne sais pas réagir autrement. C'est pareil que le rougissement. Cela doit avoir une fonction sociale ?

— Ou pas. Quand on te fait une réflexion blessante, plutôt que de la considérer en tant que fait, de ruminer et de te remettre en question, ne te demande pas pourquoi les gens pensent que tu es comme ci ou comme ça, mais plutôt pourquoi ils disent ça. Ce n'est qu'une opinion, après tout. Et les jugements que les gens portent sur toi ne représentent pas des vérités absolues. La plupart du temps, ils transposent leurs propres failles. En fait, c'est une histoire de perspective.

— Tu peux développer ?

Je vois Félicie gamberger, puis tendre l'index comme une élève modèle qui trépigne à donner la bonne réponse :

— Bon, c'est légèrement tiré par les cheveux, mais je pense que je tiens un truc. Imagine que tu veux photographier le phare. Si tu es placée juste en bas, il ne rentrera jamais dans le cadre, même en faisant un grand angle. En grimpant au sommet, ce sera encore pire. En revanche, si tu arrives d'un peu plus loin, depuis un bateau sur l'océan par exemple, ce sera parfait. Tu auras même probablement besoin de te rapprocher ou de zoomer pour qu'il ne soit pas trop petit. Pourtant, le phare, lui, il n'a pas changé de taille. Il est toujours le même. C'est toi, et ta façon de le regarder, qui évolue. T'es petite en bas, tu le trouves trop grand. T'es loin, tu risques de le trouver minuscule.

— À la seule différence que le phare s'en fiche qu'on le trouve trop grand, trop haut ou rachitique...

— Évidemment, puisqu'il n'éprouve pas de sentiments. Toi oui. Ce que je veux t'expliquer, c'est que toi, tu es toujours la même. Et la vraie priorité, l'unique chose qui doit compter pour toi, c'est : est-ce que ce que tu lis de toi dans le regard de l'autre te dérange ? Si oui, OK pour évoluer. Si non... *fuck* les cons !

— J'ai bien peur qu'il faille de l'entraînement pour arriver à ça.

— Évidemment. Mais je crois en toi, petit padawan !

Sa réflexion résonne en moi. Voilà ce que je veux vraiment modifier. Avant de changer d'avis, je décide de lui parler de ma liste de résolutions.

À peine ai-je fini de lui énumérer les différents points qu'elle m'applaudit et me propose ses services de coach. À titre bénévole, précise-t-elle.

Je me sens incroyablement plus légère, libérée d'un poids, et je comprends tout à coup à quel point elle a raison. La vie devient plus facile quand on s'éloigne de ceux qui la rendent difficile. Et sur ce caillou perdu au milieu de l'océan, aussi étonnant que cela puisse paraître, je suis en train de m'entourer des bonnes personnes.

28

Il semblerait que tous les habitants de Broavel soient désormais installés au Repaire.

Par la fenêtre, je peux voir Zélie et ses copains jouer sur la place entourée de galets colorés, et Robin s'improviser chien de berger, pour les ramener régulièrement au centre.

Autour de nous, c'est la pagaille. Grisée par l'ambiance, je me laisse bercer par les discussions sans queue ni tête que je surprends.

« Faites moins de bruit en riant, on ne s'entend plus boire ! » proclame un homme en faisant claquer sa chope de bière sur le zinc.

« Magda, arrête de servir le vieux, il a le phare qui clignote ! » articule son comparse.

« Ils ont fini de se renifler le cul, ces deux-là ? » entends-je à ma gauche.

« Le troupeau de bisons, ça va, mais le dernier il boite. »

C'est le dictionnaire des expressions imagées autour de moi.

Je ne sais pas qui parle, encore moins de qui, mais les discussions vont bon train et me donnent l'impression de participer à un spectacle incontournable : celui de la vie.

À chaque entrée dans les lieux, le nouvel arrivant est accueilli par les clameurs des autres. Ça doit faire du bien de se sentir accepté, aimé, membre à part entière d'une communauté. Moi, hormis mon forum sur lequel je ne suis pas allée depuis plusieurs jours sans que ça inquiète qui que ce soit, je n'ai personne. Quand j'ai démissionné de mon poste à Paris, j'ai perdu de vue celles et ceux qui s'apparentaient le plus à des amis. Ils ont bien pris des nouvelles, les premiers temps, mais apprendre les grossesses ou les naissances ravivait mes blessures. J'avais envie d'être heureuse pour elles, mais je ne pouvais empêcher une sorte de jalousie de m'écraser la cage thoracique à chaque nouveau faire-part. Le « pourquoi pas moi » était devenu ma pensée quotidienne, l'aigreur ma meilleure amie. J'ai cessé de répondre aux sollicitations et aux messages, et le tri s'est effectué naturellement. Drastiquement, même. À part quelques messages groupés de bonne année, je ne reçois plus rien. J'ai longtemps cru que lorsque j'aurais des enfants, la balance se rééquilibrerait. Je me voyais rencontrer des amies en allant promener mon bébé au parc ou en l'emmenant à l'école maternelle. Je me voyais reprendre le travail, avoir une utilité. Je me suis fourvoyée, perdue. Sur ma liste, c'est « me faire de nouveaux amis » que j'aurais dû écrire.

Cette fois, un homme que je n'ai jamais croisé pousse la porte du Repaire. Dès son entrée, un groupe qui joue aux fléchettes s'interrompt et se met à fredonner le refrain de bon anniversaire. La chanson est contagieuse, les embrassades chaleureuses, et le fêté, Yvon, annonce qu'il a pêché des langoustines. Aussitôt, ça s'agite dans les rangs.

— Magda, l'interpelle Victor, tu appelles Jeanne pour lui dire qu'on fait auberge ?

— C'est comme si c'était fait, mon Victor !

Surprise, je l'interroge :

— Qu'est-ce que ça signifie, faire auberge ?

Victor se penche vers moi :

— Quand c'est l'anniversaire d'un Broavélien et qu'il a envie de le fêter, il vient au Repaire, et ceux qui peuvent rapportent un truc à manger. Magda en profite pour payer sa tournée. On se retrouve tous ensemble, ça ne dure pas longtemps, mais c'est festif.

Immédiatement, je me sens de trop. Comme quand j'ai investi le débarras de mes parents.

— Oh ! Je ne vais pas tarder à rentrer, alors.

— Pourquoi ? s'inquiète-t-il. Tu n'aimes pas les anniversaires ?

Mon verre de limonade me fascine soudainement.

— Si, mais je ne connais pas Yvon.

Victor semble chercher la relation de cause à effet puis une fossette apparaît sur sa joue :

— Ah, ce n'est que ça ! Yvon, crie-t-il, viens là que je te présente Charlène !

Deux heures plus tard, j'ai l'impression d'avoir toujours vécu ici. J'en ai le tournis.

J'ai mal aux joues à force de rire, et je me sens presque à l'aise, comme si j'étais invitée à une réunion de famille qui serait la mienne. Ça me donne envie de sourire et de pleurer à la fois.

— Qu'est-ce qui se passe, ma douce ? me demande Jeanne qui s'est installée à mes côtés après avoir apporté de quoi nourrir toute l'île.

— C'est de voir tout ce bonheur, et d'y participer un peu. Jamais je n'aurais imaginé que la vie puisse être si simple. C'est Bisounours Land !

— Oh, ne va pas croire ça ! Ce qu'on vit ce soir, c'est une parenthèse, un instant suspendu. C'est souvent joyeux, mais chaque bon moment est la face d'une médaille qui possède son revers. Et chaque coup dur a son bon moment passé ou à venir pour permettre de tenir. Ce soir, on est là, on se soutient, on s'aime. C'est une soirée de grand soleil. Mais il y a également les grosses averses, les bourrasques et les tempêtes. Ici, ça ne convient pas à tout le monde. On a accès à pas grand-chose, souvent à rien. Et quand l'océan est en colère, c'est nous qui devons maîtriser la galère. Là, tu vois le beau, tu as de la chance. Mais vivre ici au quotidien, c'est aussi côtoyer le moche.

— Et c'est quoi, le moche de cette île ?

Les épaules de Jeanne se relâchent. Elle murmure :

— Le moche, ce sont toutes les raisons qui ont poussé ces braves gens à se trouver une terre d'asile, à préférer affronter les hivers rudes de l'île plutôt que de rester chez eux, à couper leurs racines pour essayer de se planter ailleurs. Et puis le moche, c'est se dire qu'un jour pas si lointain, il faudra peut-être vider les lieux si les pirates viennent piller l'île. C'est égoïstement espérer que des plus riches que nous ne verront pas en Broavel une opportunité d'engranger encore plus de fric, sous couvert de créer un faux paradis. Mais l'heure n'est pas à la tristesse. Allez, trinquons à la vie !

29

30 juillet 1986

Jeanne contemplait son bébé. Une petite fille qu'elle avait prénommée Clotilde.

Véra, à ses côtés, ne disait rien. Elle sentit une larme couler le long de sa joue. Le miracle de la vie, c'était quand même quelque chose.

— Merci, dit Jeanne doucement pour ne pas réveiller le bébé qui s'était endormi au sein.

Véra effaça la larme du revers de sa main :

— Y a pas de quoi. J'étais au bon endroit au bon moment. Heureusement que maman m'avait demandé de venir récupérer le plat en Pyrex !

— Il est sur la table de la cuisine, je l'avais justement préparé.

— En parlant de cuisine, je vais passer un coup de serpillière. Je pensais pas que c'était ça, perdre les eaux. Quand je suis arrivée, j'ai cru que vous aviez été inondés !

— Inondés de bonheur, oui, chuchota Jeanne. En tout cas, sans toi, je n'aurais pas réussi.

— Bien sûr que si, s'empourpra Véra. Mais je suis reconnaissante d'avoir vécu ça. Un accouchement, c'est, waouh… un moment en dehors du temps. Sublime et angoissant à la fois. Heureusement que tu savais comment gérer.

— Je n'ai fait que te donner des indications. C'est toi qui as maîtrisé. Parce que si Clotilde et moi avions dû compter uniquement sur Victor…

Véra posa sa main devant sa bouche pour que son rire ne perturbe pas le sommeil de la petite. Victor s'était montré complètement affolé, comme si la lucidité l'avait quitté pour de bon. Elle lui avait demandé une serviette, et au bout de cinq longues minutes, il était revenu, hagard, avec une taie d'oreiller. Finalement, elle avait pris l'initiative de l'envoyer au village sous un prétexte futile. C'était le mieux à faire.

— J'ai cru qu'il allait tourner de l'œil, se moqua gentiment Véra.

— Tu as bien fait de lui trouver une échappatoire.

Le silence enveloppa la pièce. Véra gigota sur son siège, ne sachant trop si elle devait laisser la jeune maman se reposer ou rester pour la surveiller, lorsque Jeanne lâcha dans un soupir émerveillé :

— Je le sais désormais. Tous les malheurs rencontrés n'avaient qu'un unique but : me permettre de connaître ce bonheur. Le père de Clotilde voulait absolument un garçon. Marc, il voulait l'appeler. Je remercie la vie de m'avoir donné une fille. C'est fabuleux, une fille.

Véra n'osa pas répondre. Ça la grattait dans la gorge. Elle n'avait pas envie de contredire Jeanne qui semblait légèrement bourrée aux hormones, mais de son côté, elle estimait que naître fille n'était pas le meilleur plan qui soit pour vivre dans ce monde. Elle le savait d'expérience.

La semaine, les parents de Véra croyaient qu'elle se rendait au lycée, sur le continent. Elle dormait chez une vieille tante aigrie qui lui donnait des coups de canne dès qu'elle passait devant elle. Elle n'en parlait pas parce que le logement était gratuit et qu'ainsi, c'était plus facile qu'en internat pour sécher. La journée, elle allait se poser sur la plage devant l'océan. Au lycée, c'était compliqué. Les mecs la traitaient de salope, les filles de pute. La différence ? Les gars voulaient la sauter et leurs nanas la saigner, depuis cette fête à laquelle elle avait assisté. C'était la première fois qu'elle buvait de l'alcool fort et Jonas n'était pas auprès d'elle pour surveiller ses arrières. Elle ne se souvenait pas de grand-chose, mais une réputation, ça tenait à rien, alors pas grand-chose c'était déjà trop.

Véra avait commencé à sécher les cours pour avorter. Chez une faiseuse d'anges, parce qu'à l'hôpital ils lui avaient demandé l'autorisation de ses parents. Elle avait cru qu'elle allait crever, mais c'était pire, elle avait survécu. La nuit, elle rêvait de bébés qui la mettaient en prison au motif qu'elle était une meurtrière.

Alors, passer ses journées à subir les insultes, c'était au-dessus de ses forces.

Jeanne s'extasia sur les minuscules doigts de Clotilde avant de se tourner à nouveau vers la jeune fille. Elle la félicita d'avoir conservé son sang-froid, assura que cette naissance n'aurait pas été aussi idyllique sans elle.

— Tu ferais une merveilleuse infirmière, Véra, décréta-t-elle. Ou même médecin, si tu veux.

Véra n'avait aucun projet pour son avenir, mais cette phrase la chambarda au niveau du plexus. Elle promit d'y réfléchir, tout en envisageant que rien n'arrivait par hasard.

30

Mercredi 16 mars 2022

Mon rituel, depuis que je suis arrivée à Broavel, est aussi doux que précis. D'abord, je me réveille au son des premiers commérages de l'île : ceux des poules qui cancanent entre elles sous ma fenêtre. Zélie prétend que ce sont des poules de garde, et elle n'a pas tort, elles veillent au grain ! Ensuite, je saute dans mon gros jogging bien chaud, fais bouillir de l'eau et je file assister aux premières lueurs du jour.

Jeanne, persuadée que je vais me laisser mourir de faim si elle ne s'occupe pas de moi, ne termine pas sa journée sans m'apporter une viennoiserie bien emballée dans un torchon à carreaux. Chaque soir, je la remercie en protestant pour la forme. Chaque matin, je lui suis reconnaissante de ne pas m'écouter en croquant dans mon croissant devant le soleil qui se donne en spectacle. Ce n'est d'abord qu'un léger point lumineux dans le ciel. Ensuite, il apparaît en lançant des milliards de diamants à la surface de l'océan puis, tel un projecteur, il braque ses feux sur le phare qui gagne alors en splendeur.

Et moi, je reste là, à ma place.

Toute petite devant l'immensité, témoin privilégiée de ce spectacle offert par la nature. J'en ai le cœur qui déborde d'émotions, alors plutôt que de les garder en moi, je les laisse éclore sur mon carnet.

Fidèle à ma liste de résolutions qui, à chaque croix tracée, m'offre à la fois fierté et motivation, j'ai repris le dessin. C'est léger, pas très technique et avec les moyens du bord, mais chaque coup de crayon me libère un peu plus. Je noircis des pages, sans but précis, si ce n'est le plaisir d'écrire ou de crayonner. J'adorais ça quand j'étais plus jeune. Gribouiller des croquis, noter des sensations, des phrases, réaliser des esquisses, appréhender les contours d'une histoire. Créer un visuel autour d'un mot rare ou dont la sonorité me plaisait. J'aspirais à devenir illustratrice d'abécédaires du joli. Jusqu'au jour où j'en ai parlé avec mes parents. En trois phrases, ils ont enfoui ma motivation sous un tas d'arguments matériels et de jugements sur mon tout relatif talent, ont brisé mon doux rêve et m'ont poussée à ranger mes crayons. Aujourd'hui, je regrette de les avoir écoutés, mais surtout de ne pas leur avoir tenu tête quand j'estimais que j'avais probablement raison. Quelle serait ma vie si je m'étais affirmée ?

J'aurais sans doute abandonné le dessin, ou échoué, mais je n'aurais aucun regret. Et pour le reste ? Je me souviens de quelle façon ma mère m'a vanté les mérites d'Hervé. C'était le fils d'amis à eux, des relations de travail de mon père plus précisément. Un jeune homme de bonne famille, bien sous tous rapports. Charismatique, ambitieux, il leur avait fait une forte impression. Ma mère m'en avait brossé un tel portrait que j'étais presque amoureuse avant de l'avoir rencontré. En tout cas, je savais que si je l'appréciais et qu'il m'appréciait en retour, mes parents seraient comblés. Est-ce que, si je m'étais rebiffée, mon présent serait celui que j'ai actuellement ?

Les paroles de Félicie me reviennent comme un boomerang: on ne peut pas rejouer le passé. Si le destin existe, c'était pour me placer ici, aujourd'hui. Il ne sert à rien d'avoir des regrets. Les bons et les mauvais événements nous aident à créer la personne que l'on devient.

Et à Broavel, j'ai le sentiment de devenir une meilleure personne, ou tout du moins une femme que j'apprécie. Je feuillette mon carnet de croquis. Pour le moment, les pages sont principalement remplies par le phare, que je décline à l'infini : tantôt graphique, tantôt transformé, parfois illuminé ou habité par une famille composée d'un lézard, d'un goéland ou d'une poule. Je n'oublie pas d'y ajouter les mots que Jeanne me fait découvrir grâce à la Soupe aux lettres, notre jeu du soir avant de me coucher.

La suite de mes journées dépend des occasions qui se présentent à moi. Régulièrement, je vais donner un coup de main à Félicie avec ses moutons, je joue avec Zélie, ou je m'installe sur le banc devant la serre avec Victor ou dans la cuisine avec Jeanne. Victor et moi discutons littérature, constellation, voyages ou sens de la vie, selon son inspiration. Avec Jeanne, j'ai l'impression d'avoir affaire à une analyseuse d'âme. Sans jamais trop me viser pour ne pas m'incommoder, elle me parle de mes émotions, met des mots sur mes maux. Selon elle, je suis une hypersensible et je dois avouer que les signes qu'elle décrit sont assez proches de mon ressenti.

J'ai l'impression de me remettre doucement sur pieds, tant et si bien que j'en oublie les secrets de ma mère. Peut-être que le marionnettiste de ma vie avait pour unique objectif de m'envoyer à la rencontre de moi-même. Si c'est le cas, c'est réussi. La solitude ne me pèse jamais. Je me balade sans autre but que celui de marcher et de me surprendre. Si j'avais gardé au poignet la montre-piège offerte par Hervé, elle me chanterait « We Are The Champions » tous les soirs. J'en viendrais presque à regretter de l'avoir piétinée de toutes mes forces en pleurant après avoir appris pour la brindille. Quoique… en réalité, ne pas avoir d'objectif clairement défini par la société me permet de me détacher de tout ça.

Je découvre des lieux préservés, je fais face au calme, au silence. Chez moi, je vivais presque en recluse, pourtant, j'étais toujours sollicitée. Ici, je n'ai jamais autant parlé avec des gens différents, mais je me sens libre de penser, d'aller et venir, de poser mon sac de questions.

Jeanne m'a assuré qu'une vraie relation nourrissait, faisait grandir, remplissait de positivité et motivait. Qu'elle gonflait l'estime sans vider de toute énergie. C'est ce que je commence à ressentir depuis que je me fréquente.

De loin, je vois apparaître Véra. Aujourd'hui, elle porte une ample combinaison à fleurs rouge, orange et jaune, et un turban camoufle une partie de sa chevelure rousse. Elle pousse une charrette certainement peinte par tous les enfants de l'île pour être si voyante.

Personne ne pourra lui piquer par inadvertance ! À l'intérieur, je distingue un bac en plastique rempli de livres.

— Bonjour Charlène ! Tu es en mode baroudeur, aujourd'hui ?

— Plutôt aventurière du dimanche ! J'aimerais me rendre sur le site de la maison en ruines.

— Très bon choix ! Mais gare aux marées ! Ça va vite monter, et l'eau entoure cette parcelle de terre.

— Je ferai attention, promis !

— Tu vas bientôt connaître tous les secrets de l'île, au rythme où tu vas…

Je souris, amusée par la double interprétation.

— Pas sûre ! Je ne pensais pas qu'une île si minuscule puisse proposer autant de circuits différents, autant de points de contemplation. En la regardant sur mon écran d'ordinateur, avant mon départ, je m'étais fait la réflexion qu'on en effectuait vite le tour. Mais pas du tout ! Chaque jour, je découvre un nouveau chemin escarpé, de nouveaux rochers sur lesquels m'asseoir et flâner, un nouveau poste d'observation. Cette île est fascinante.

— À qui le dis-tu ! Poser sa valise à Broavel, c'est prendre le risque de ne plus jamais vouloir plier bagage. Elle semble banale de prime abord, mais elle réserve tant de belles surprises à ceux qui daignent s'intéresser à elle. Comme beaucoup d'êtres humains, en somme.

Véra me regarde avec douceur, et j'ai l'impression que ses mots peuvent s'appliquer à moi. Je détourne la conversation avant de partir en tergiversation :

— Tu proposes des livres aujourd'hui ?

— Je promène la *bibliocharrette*, oui ! En réalité, je fais la tournée des patients, et j'en profite pour leur montrer les nouveaux romans et récupérer ceux qu'ils ont fini. Quelque chose te plairait ?

— Je n'ai rien lu depuis très longtemps. Je crois que mes années passées à corriger des manuscrits ont fait de moi une lectrice tatillonne, qui s'interrompt à la moindre coquille. C'est énervant ! Par conséquent, je lis plutôt des témoignages, des manuels de psychologie...

— Ah, attends, je vais regarder ce que j'ai. On a de la chance, il ne pleut pas.

Elle ouvre sa boîte en plastique, déplace des bouquins, m'en colle certains dans les bras pour avoir plus de marge de manœuvre et en laisse un de côté dans la charrette, le temps de me débarrasser.

— Tu sais qu'une éditrice possède une maison secondaire sur l'île ? Si tu cherches des missions de correctrice, je pourrais lui parler de toi ?

— Oh, c'est vraiment gentil, mais je ne veux pas t'embêter avec ça !

— Tu ne m'embêtes pas, voyons ! On est ici pour s'entraider, contre vents et secrets !

Je me fige. Cette phrase, c'est celle qui est notée au dos de la photo. Je tiens une pièce du puzzle, ou tout du moins une introduction parfaite pour cette conversation que je repousse depuis trop longtemps.

— Contre vents et secrets ? C'est un nom de code ?

— Oh, non, c'est la devise officieuse de l'île.

— Officieuse ? C'est-à-dire ?

— Eh bien, toutes les îles ont une devise. Alors, il y a de cela des années, on a voulu avoir la nôtre. Tu sais, historiquement, Broavel n'est qu'un caillou qui a longtemps été inhabité. Il fallait être fou pour avoir envie de s'installer ici.

Nous, on y était bien. Alors on a voulu créer son histoire. Et ça commençait par un dicton. Jonas voulait que ce soit « Contre vents et marées », mais j'ai effectué quelques recherches, et c'était déjà pris par Hœdic, une autre île pas très loin. Et puis, un été, on l'a trouvée. C'est le nom de la première barque de Jonas...

— C'est lui qui l'a trouvée ?

Véra cille et se concentre sur la ligne d'horizon avant de répondre, plus pour elle que pour moi :

— Non, c'est... personne. En tout cas, pas quelqu'un d'ici.

Elle parle de ma mère. J'en suis persuadée. Le moment est venu de dévoiler mon identité, et de découvrir qui a été Irène avant de devenir madame Carlier. Je m'apprête à lui demander le prénom de cette personne, lorsqu'un cri, accompagné d'un bruit de ferraille, foudroie le silence.

« Chaud devant ! »

Un homme, casque jaune fluo sur la tête, déboule à toute allure à bord d'un engin non motorisé en forme de... banane.

Véra me pousse sur le côté avant qu'on finisse écrasées par un fruit géant et se met à rugir :

— Chauffard ! Va te vautrer que je me marre !

Estomaquée, j'ouvre des yeux ronds. Les siens lancent des éclairs, je suis presque étonnée que l'orage ne se mette pas à gronder.

— Mais qu'est-ce que c'est ?

— C'est ce branquignol de Jonas qui s'entraîne pour sa course de caisses à savon. Il va blesser quelqu'un un jour, ce pignouf !

— En banane ?

Véra lâche un soupir blasé.

— Il me fatigue. Depuis qu'il est revenu sur l'île la bouche en cœur et des idées plein la caboche, il s'est lancé dans cette lubie débile. Et le pire, c'est qu'il entraîne de plus en plus d'adeptes dans son sillage. Un vrai gourou.

— Je ne comprends pas. Qu'est-ce qu'ils font ?

— Ils se retrouvent une fois par semaine pour construire leurs engins en recyclant les vieilles charrettes détériorées. La course est organisée le premier week-end de juillet. Le chemin qui descend des Oisillons au village se drape de Rubalise et de bottes de foin.

— Ce Jonas cache décidément bien son jeu !

Les traits de Véra se radoucissent, il me semble même apercevoir l'esquisse d'un sourire.

— Oh ça oui ! Il ne faut pas se fier aux apparences, ma petite Charlène. Surtout par ici. Et encore moins avec lui ! Jonas possède une histoire particulière. Tu sais que la bâtisse dans laquelle se trouve la salle des jeunes et mon dispensaire était la sienne ? Il la prête à la commune pour faire vivre Broavel. C'est la raison pour laquelle, depuis qu'il est revenu, il vit aux Oisillons. Mais si tu lui demandes, il dira que c'est parce que Jeanne prépare la meilleure soupe de poisson de l'île...

J'en reste bouche bée. Cette île est remplie de philanthropes un brin tarés. Plus que jamais, je me sens en osmose avec elle.

— Véra, je ne voudrais pas être indiscrète, et tu me réponds si tu veux, mais pourquoi y a-t-il une telle animosité entre vous deux ?

Elle m'offre un sourire en coin et une tape dans le dos.

— Tu as raison, c'est indiscret. Et une bien trop vieille histoire pour que je puisse la retranscrire fidèlement. Je crois qu'il s'agit surtout de rancœurs, de regrets, et que les années ont mué cela en de l'agacement, en une hostilité réciproque… Un jour, je me poserai et je réfléchirai à ce que j'en pense vraiment. Pour le moment, il m'est plus facile de m'irriter de sa présence que de m'asseoir pour déballer mes émotions. Mais l'heure du grand ménage de printemps viendra, et je ferai le tri ! Bon, il faut que je finisse ma tournée avant qu'il se mette à pleuvoir. Ah tiens, voilà ton bouquin, j'espère que ça te plaira !

Elle s'éloigne pendant que je rumine. J'ai encore échoué à parler de ma mère. Dépitée, je tourne machinalement le guide de psychologie qu'elle vient de me donner. Le marionnettiste de ma vie est un sacré farceur. Le livre s'intitule : *Les Secrets de famille*.

31

Vendredi 18 mars 2022

Installée dans la cuisine des Oisillons pour lire le bouquin prêté par Véra, je relève les yeux sur un garçon maigrichon d'une dizaine d'années. Il se dandine d'un pied sur l'autre depuis le seuil de la porte, en attendant qu'on le remarque. Je donne un coup de coude à Jeanne, absorbée par ses mots croisés.

— Oh, bonjour, Achille ! Quel bon vent t'amène ?

— Bonjour, Jeanne ! T'as pas vu Zélie ? On devait se retrouver au village, mais elle n'est pas venue et Robin boude sur le paillasson.

Jeanne redresse le menton. Un voile traverse son regard.

— Oh oui, excuse-moi mon petit, c'est moi qui lui ai demandé de faire quelques tâches ménagères. Je te l'envoie dès qu'elle a terminé !

Achille remercie Jeanne et part en courant. Sitôt qu'il a refermé la porte des Oisillons, je montre ma surprise :

— Jeanne, j'ai vu Zélie sortir il y a au moins une heure...

— Oui. Elle doit être dans sa bulle.

— Dans sa bulle ?

Jeanne se pince les lèvres et cligne des paupières. Elle souffle :

— Zélie est une enfant pleine de vie et heureuse, mais elle a des failles qu'elle n'aime pas montrer aux autres. Je préférais donc ne pas envoyer son copain sur ses traces, elle avait sûrement besoin de s'isoler.

— Tu n'es pas inquiète ? Tu sais où elle va dans ces moments-là ?

— Elle est sûrement au phare.

Mon étonnement doit me donner la même apparence que le poisson rouge de mon abattant de toilettes :

— Elle peut accéder au phare ?

— Celui où va Zélie, oui.

— Comment ça, celui où va Zélie ?

— Celui que tu vois d'ici et qui se situe sur son rocher au milieu de l'eau, même s'il a été construit il y a très longtemps, n'est pas le premier phare de l'île. Il y a une centaine d'années, le phare se trouvait sur le domaine des Oisillons. Quand Victor et ses ouvriers ont bâti les maisonnettes, ils ont intégré dans les plans ce qu'il en restait, à savoir un escalier en colimaçon et une vue dégagée à son sommet. Il se trouve entre le logement de Jonas et celui qui est inoccupé. On l'atteint plus facilement que l'autre !

— Tu es déjà allée sur l'autre ?

Les traits de Jeanne se crispent. Comme si j'avais tiré pile la mauvaise question.

— Une fois, il y a de cela très longtemps, annonce-t-elle rapidement. Mais je ne te le conseille pas, surtout en ce moment !

— Oh, c'est dommage. J'aurais adoré le visiter. Je le trouve tellement beau !

— Personne ne le visite jamais, il est trop dangereux. Le parapet autour de la lanterne est trop bas, et puis, de toute façon, il n'est plus accessible depuis des années. Victor est le seul à en conserver une clé, avec l'équipe technique sur le continent.

Décidément, je vais de surprise en surprise :

— Pourquoi Victor ?

— Les Oisillons est l'unique bâtisse à donner sur la tour. En cas de force majeure, on serait les plus prompts à nous y rendre. C'est d'ailleurs la raison pour laquelle Victor garde son Tabur dans le hangar, même s'il déteste aller sur l'eau.

— Et pour Zélie, tu veux que j'aille voir si tout va bien ?

Jeanne semble peser le pour et le contre, et finit par ébaucher un pâle sourire :

— Ce serait vraiment gentil de ta part. Moi, avec mes genoux, j'ai du mal à monter les marches. Et puis, ça lui ferait sans doute du bien de parler à une adulte qui ne soit pas son père ou moi...

— Est-ce... est-ce que ça a un rapport avec sa maman ?

Les doigts de Jeanne agrippent son châle en laine. Elle pose ensuite ses mains à plat sur la table, prend une longue inspiration :

— Oui, sûrement. C'est parfois difficile pour une fillette de grandir sans sa mère... comme pour une mère de vieillir sans sa fille... On se sent démuni. Tristan, son père, revient dès qu'il peut, mais il travaille à Paris, alors niveau repères, elle n'est pas vraiment aidée...

Je pose une main sur l'épaule de Jeanne. Je ne peux pas totalement comprendre sa douleur, mais je compatis :

— Tu veux en parler ?

Jeanne sort un mouchoir en tissu de sa poche et s'occupe les mains en nettoyant ses lunettes. Son regard flou se perd sur l'océan qu'on distingue au loin, à travers la fenêtre. Toute la joie de vivre qui l'anime habituellement a déserté son visage, lui donnant une dizaine d'années supplémentaires. Elle cherche ses mots, sa lèvre tremble. Le sujet n'a pas l'air d'être évoqué régulièrement.

— Après son accouchement, Clotilde a disjoncté comme l'électricité en période de tempête. Elle a vécu une grosse dépression du post-partum, a été hospitalisée sur le continent. Quand elle est revenue, elle n'était plus la même. Elle piquait des crises, passait son temps à dire à son mari que la vie était plus belle ailleurs, que c'était bien bête de se contenter de si peu quand on avait le monde à explorer. Il a entrepris de déménager pour elle, a trouvé un boulot à Paris, a pris un appartement... Mais je crois que ce n'était plus suffisant. Un jour, elle a disparu de sa vie de la même façon que j'avais disparu de la mienne à son âge. Aujourd'hui encore, on ne sait pas exactement où elle est. Et moi, je... je porte cette culpabilité comme un fardeau.

— Mais, Jeanne, pourquoi culpabiliser ? Tu n'y es pour rien...

— Oh si... Je tiens en moi cette responsabilité depuis sa naissance. Pour son bien, je lui ai caché certaines choses, et cela a certainement eu un impact négatif sur son existence.

Je tressaille et ne peux m'empêcher de m'identifier à Clotilde. Peut-être que dans notre cœur, on ressent les non-dits.

— Et puis, reprend Jeanne, même si je ne regrette pas de l'avoir préservée, je suis sa mère. J'aurais dû deviner, l'aider.

— Tu ne pouvais pas... la maternité, l'absence de maternité... ça peut totalement nous faire vriller. Je sais ce que je dis. Toutes ces injonctions de la société, tous ces messages qu'on lit, qu'on entend, toutes ces questions qu'on ne cesse de nous poser, et tous ces regards qui semblent nous juger en permanence... Cela donne l'impression d'être anormale si on ne peut pas enfanter. Et quand on peut, on éprouve certainement ce sentiment de ne jamais être à la hauteur... Et Zélie, quel âge avait-elle ?

— Zélie était encore un bébé, elle n'avait pas deux ans. Son père nous la confie quand il est sur le continent pour qu'elle conserve ses repères. Parfois, j'ai peur que la culpabilité la ronge aussi, mais je n'ai pas la force d'en parler avec elle. Ça me ramène à mes propres failles...

La culpabilité, je la côtoie depuis longtemps. Je pourrais même dire qu'elle ne me quitte pas d'une semelle. C'est un boulet accroché à ma cheville, le diable sur mon épaule droite. Chaque mois, lorsque mes règles arrivaient, elle me murmurait à l'oreille que c'était ma faute, que mes doutes avaient fait de mon corps un fainéant, un bon à rien. À chacune de mes fausses couches, elle me révélait la triste vérité : mon mari, bouleversé de ne pas avoir la famille dont il rêvait à cause de moi, allait sûrement trouver du réconfort dans d'autres bras pendant que je m'enfilais des kilos de chocolat. D'ailleurs, dès que je me sens mal et que je me jette sur la nourriture pour compenser, elle me rappelle à quel point je suis pathétique. Mais si je réfléchis, la culpabilité me tient compagnie depuis bien plus longtemps. Lorsque j'étais petite et que mes parents levaient les yeux au ciel, elle me signalait que je n'avais pas réussi à être celle qu'ils avaient désirée. Une fillette aussi adorable que Zélie ne devrait pas avoir à ressentir ça.

Je serre maladroitement Jeanne contre moi et me dirige vers l'ancien phare.

32

Je ne m'étais jamais approchée du logement de Jonas. Effectivement, entre les deux murs, une ouverture donne sur un escalier en colimaçon. Ce monument doit avoir eu du cachet, à son heure de gloire.

Au sommet, je trouve Zélie endormie sous un plaid, un ours en peluche niché dans son cou.

Je caresse sa joue du bout du doigt, elle ouvre les yeux.

— Je viens te prévenir que Robin a décidé d'arrêter de manger jusqu'à ce que tu le rejoignes.

Elle hausse les épaules :

— Il s'inquiète plus pour l'heure de sa gamelle que pour moi !

— Pas du tout ! Et d'ailleurs, il n'est pas le seul à se demander où tu es passée. C'est ta mamie qui m'envoie. Ton copain Achille te cherchait partout, lui aussi. En tout cas, c'est une super cachette, ici.

— Oui. C'est dommage, c'est ma cachette à tristesse.

Son faible sourire et ses beaux yeux remplis de mélancolie la rendent encore plus minuscule.

Je m'assois en tailleur à ses côtés.

— Tu veux me dire pourquoi tu es triste ?

— Parce que les adultes, ils disent que des mensonges. Ils disent que quand je serai grande, je comprendrai, mais moi je comprends rien. Ils disent que maman reviendra quand elle sera reposée, mais je les crois plus. Elle se repose depuis trop longtemps. J'ai dix ans, je suis plus un bébé. Je crois plus au père Noël, à la fée des dents ou au retour de maman. Si Mamig n'a pas réussi à la soigner, personne pourra. Je crois que les mensonges, ça rend encore plus triste que la vérité.

— Je suis d'accord avec toi. Les adultes gardent bien trop de secrets, au lieu d'expliquer les choses clairement. Parfois, je me dis que je ne suis pas encore assez adulte pour tout comprendre. Et de temps en temps, je me dis que je suis devenue adulte sans le savoir vraiment.

Nous partageons un silence presque méditatif, puis Zélie lève sa mine triste vers moi.

— J'aimerais comprendre pourquoi les mamans font des enfants, si c'est pour pas les aimer.

Je soupire.

— Moi aussi, Zélie, j'aimerais bien savoir.

Elle semble surprise de ma réponse, et pose ses doigts sur les miens.

— Ta maman est partie, à toi aussi ?

Son empathie me touche. Mon cœur se serre.

— Non, elle est restée. Mais elle ne m'a jamais dit qu'elle m'aimait. Et puis, j'ai appris il y a peu qu'elle avait des secrets, et que ces secrets avaient sans doute fait de moi la froussarde que je suis. Alors, si tu as des questions, n'hésite jamais à les poser. Tu n'es pas une froussarde, toi, Zélie.

— Peut-être, mais c'est à cause de moi que ma maman est partie. Je n'étais pas assez bien pour elle. J'ai dû la décevoir. Mais je ne me souviens pas, parce que j'étais trop petite. Est-ce que tu sais, toi ?

— Je suis sûre d'une chose, Zélie : elle n'est pas partie à cause de toi. Je ne connais pas toute l'histoire, mais je crois que ta maman était malade, et que pour se soigner, elle avait besoin d'être seule. Et si elle est partie sans toi, c'est très certainement parce qu'elle a pensé, à tort ou à raison, qu'il valait mieux que tu grandisses bien sans elle à tes côtés que mal avec elle.

Zélie semble réfléchir très sérieusement à ma phrase. Elle penche la tête sur le côté, gonfle ses joues puis plante ses prunelles dans les miennes.

— Et toi, pourquoi tu n'es pas une maman ?

Mon sourire se fige. Je pourrais mentir. Dire que ce n'est pas ma priorité, pour ne pas me retrouver face à une moue compatissante qui me donnerait envie de pleurer. Mais je me suis promis à moi-même de ne plus m'accommoder avec la vérité, et je le dois à Zélie aussi :

— Je n'ai pas réussi à avoir d'enfant. J'y ai cru très fort, mais ça n'a pas marché.

— La vie est mal faite, Cha. Ma maman a eu un bébé et elle en a pas voulu. Et toi, tu ferais sûrement une maman super et t'as pas d'enfant.

Je sens quelque chose se fendiller au creux de ma poitrine. À part les membres du forum, personne ne m'a jamais dit que je ferais une bonne maman. Et voilà qu'une fillette de dix ans me permet d'y croire sincèrement. Cela ne changera pas la situation, mais je perçois comme un pansement qui se colle sur la plaie béante de mon cœur et des larmes de reconnaissance se faufiler sous mes paupières. Je les chasse d'un clignement des yeux, et réponds doucement :

— Oui, Zélie, la vie est mal faite, parfois.

— Mais elle fait aussi bien les choses, assure Zélie en retrouvant son optimisme d'enfant. Regarde, on se retrouve ici, toi et moi. Une fille qui n'a pas vraiment de maman, et une maman qui n'a pas d'enfant. C'est peut-être pas pour rien. C'est peut-être pour qu'on s'aide.

Et elle se serre contre moi tandis que mon cœur explose de gratitude.

33

6 août 1986

Véra observa ses deux comparses à la dérobée, avec la certitude que rien, et encore moins les gens, n'arrivait par hasard. Jonas était son ami d'enfance, celui avec qui elle avait tout partagé. Elle n'imaginait pas sa vie sans lui. Quant à Irène, elle se révélait étonnante. De prime abord, elle semblait avoir avalé un parapluie par le fondement, mais en réalité, derrière sa carapace, ses failles la rendaient touchante. Jonas l'avait bien cernée. Elle, elle avait encore quelques progrès à faire dans le domaine de la psychologie. Maintenant qu'elle était déterminée à retourner au lycée à la rentrée et à bifurquer vers des études d'infirmière, elle se sentait plus libre, déjà utile.

Un poids s'affala contre son corps. L'odeur de Jonas l'enveloppa, envoûtante. Elle inspira, et entendit nettement son cœur tambouriner contre sa poitrine, comme s'il voulait se libérer pour se dévoiler. Elle ferma les paupières, secoua doucement la tête. Il fallait qu'elle s'interdise d'urgence les sensations qui s'emparaient d'elle dès lors qu'il s'approchait. Les joues qui chauffent, le ventre qui palpite, les papillons qui s'envolent dans tout son être. Jonas était son meilleur ami. Ce qu'elle ressentait n'était que le résultat d'un besoin affectif éphémère.

Le jeune homme se rassit en tailleur sur la couverture qu'ils utilisaient chaque soir pour admirer les étoiles en refaisant le monde à leur image.

Le cerveau de Véra reprit de l'oxygène. Elle ne s'était pas rendu compte que son cœur avait ralenti, dans une attente qu'il lui fallait à tout prix repousser.

— Est-ce que vous savez que sur le trousseau de clés accroché dans la cuisine des Oisillons, il y a celle qui ouvre le phare ? lança Irène sans transition.

Jonas la scruta avec étonnement.

— T'es sérieuse ?

— Absolument, affirma-t-elle, son attention dirigée vers la tour.

Puis, en lançant un regard de défi, celui qu'ils appelaient son regard de sirène, elle continua :

— Et si on allait le visiter ?

Véra voulut signaler que ce n'était pas forcément une bonne idée. Cette porte n'était pas verrouillée sans raison. Mais Jonas posa sa main sur son avant-bras et elle décela une lueur d'envie au fond de ses prunelles sombres. Tous ses arguments s'envolèrent.

— On pourrait jouer à être les gardiens du phare ! s'écria-t-il.

— Chut ! Sois discret ! le gronda Irène. Alors, Véra ? Partante ?

Jonas, déjà debout, lui tendit la main. Elle l'attrapa, se leva.

— Allons-y maintenant. Mais je vous préviens, on n'y reste pas toute la nuit, sinon mes parents vont gueuler.

Ils avancèrent sur la pointe des pieds dans le couloir des Oisillons, récupérèrent le trousseau, coururent jusqu'à la plage.

Ils ne faisaient rien de mal, se répéta Véra. Nombreux étaient ceux qui nageaient jusqu'au phare dès l'arrivée des premières chaleurs. Eux, ils allaient simplement aller chatouiller les fantômes des gardiens, et se trouver un nouvel endroit jusqu'à la fin de l'été. Et puis, quand Jonas, pris dans un jeu, oubliait un moment ses obligations familiales et l'état de santé de son père, il avait ce sourire qui provoquait à Véra quelque chose au creux du ventre.

34

Samedi 19 mars 2022

Devant l'entrée des Oisillons, il y a une balançoire en bois accrochée à la branche d'un pin immense. À chaque fois que je passe devant, je me dis que c'est l'image du bonheur tel que je me le représentais lorsque j'étais enfant. Si j'avais pu décrire le paradis, il aurait ressemblé à un jardin avec une balançoire et un chien qui n'aurait pas eu le droit de venir dans ma chambre, mais que j'aurais caché dans ma penderie.

Le chien a été refusé avec conviction. J'étais trop jeune, pas assez rigoureuse, trop immature, pas assez investie. Toujours à réclamer, jamais satisfaite. Je n'ai pas non plus eu droit à la balançoire, sans aucune raison si ce n'est que j'allais grandir bien trop vite pour vraiment l'utiliser. Dans cet argument, je sentais déjà l'enfance se craqueler, et imaginais l'âge adulte comme quelque chose à ne pas prendre à la légère.

Si je les avais eus, je m'en serais peut-être lassée, et l'absence a sans doute créé le manque. Mais l'envie ne m'a jamais quittée. Je suis simplement devenue adulte, et j'ai épousé un homme allergique aux poils de chien. Quant à la balançoire, elle a toujours sa place sur la liste de mes envies, pour plus tard. Dans mes songes, elle était prévue pour quand j'aurais un enfant. Acheter tous les DVD de Disney, installer un portique et une cabane en bois dans le jardin, passer mes nuits à contempler mon bébé en me disant que j'avais réussi quelque chose dans ma vie… Autant de projets qui, je le sais désormais, ne se concrétiseront jamais. Mais la balançoire, elle, est là, maintenant. C'est un bonheur facile à atteindre. Je peux continuer à passer devant en ruminant mon passé imparfait, ou cueillir simplement un petit bonheur.

Je m'en approche et touche la planche de bois du bout des doigts. Les hésitations viennent polluer ma légèreté. Il me manque l'innocence et l'insouciance pour en profiter totalement. Et puis, sous mon poids, la corde risquerait de démissionner sans préavis. Obliger un hélicoptère à venir pour la grosse qui s'est prise pour une gosse, ça ne me ferait vraiment pas rigoler. Pourtant, je ne peux m'empêcher, après avoir vérifié que personne ne m'observe, de m'asseoir du bout des fesses. Rien ne se passe, je m'installe donc plus confortablement. Je finis, après avoir vérifié que la branche ne plie pas, par effectuer quelques mouvements avec mes pieds. Le simple balancement me berce et incruste un sourire sur mon visage. Je pousse un peu plus sur mes jambes, gagne en amplitude, en altitude, et m'envole dans les airs. Pas de façon vertigineuse, mais assez pour que mes pieds quittent définitivement le sol, et que le balancement opère aussi dans mon cœur. Un rire s'échappe de ma gorge en même temps qu'un sentiment de liberté s'empare de moi. Je ferme les yeux et continue à m'envoler plus haut, sans me soucier de mon âge, de mon poids, du qu'en-dira-t-on. Quand je rouvre les yeux, essoufflée, je découvre Victor qui pousse sa charrette. Je rougis, morte de honte. Il m'offre un sourire radieux qui le rajeunit de dix ans :

— Moi aussi, j'adore faire de la balançoire. Sentir son cœur s'envoler, ça permet de se rappeler qu'on est bien vivant !

Et sans aucune moquerie ni jugement, il rentre aux Oisillons.

Je freine avec mes pieds, attrape mon sac et sors mon petit carnet de croquis.

Je trace une croix derrière le point 5 de ma liste : ne plus culpabiliser, me moquer du regard des autres. Fait, encore une fois.

Sur une page blanche, je dessine une balançoire accrochée à une branche de pin. J'y ajoute des fleurs sauvages, et un mot calligraphié. Allégresse.

35

Dimanche 20 mars 2022

Depuis cette nuit, la pluie s'abat sur l'île. Le ciel n'est plus qu'une toile de camaïeux gris. Le vent souffle en rafales. J'ai donc changé ma routine quotidienne en remplaçant le thé sur la plage par un thé au lit, avec, pour me tenir compagnie, le livre que Véra m'a prêté. Je n'avais jamais passé un dimanche entier à lire sous la couette, et j'apprécie. Pourtant, au fur et à mesure que la journée et ma lecture avancent, les mots se mettent à danser devant mes yeux. La partie des témoignages est passionnante, mais il y a trop de choses dans ma tête pour que je réussisse à entrer dans celle de quelqu'un d'autre. Je commence à me rendre compte que mon empathie me freine souvent dans mes propres émotions.

Je lâche le livre, ouvre mon carnet, attrape un crayon à papier, et me mets à dessiner. Cela m'aidera sûrement à vider mon cerveau.

Trois coups toqués contre la fenêtre me font lever les yeux. Félicie apparaît dans l'embrasure de la porte.

— Je viens de croiser Jonas, annonce-t-elle sans préambule en retirant son ciré rayé. *Oh my gosh!* Sa citation sur le temps, je te jure que je ne l'avais pas vue venir, tu devineras jamais ! rigole-t-elle.

— Attends, j'essaie : avant de toucher le sol, la pluie a touché le ciel ?

— Loupé ! Et tu m'excuses, mais elle est pathétique celle-là ! Je m'attendais à un truc de Gainsbourg, genre « Qu'importe le temps, qu'emporte le vent, mieux vaut ton absence que ton indifférence. »

— Oh, c'est beau, ça ! Et c'est vrai !

— Oui, mais on est loin de sa phrase à lui. Je t'assure, t'es pas prête !

Elle se déchausse sans perdre de temps à desserrer ses scratchs, balance son imperméable sur une chaise et s'affale à côté de moi sur le canapé.

— Vas-y, balance !

Elle lève les bras au plafond comme si elle allait me citer Shakespeare et m'offre sur un ton théâtral :

— Quand les goélands se grattent le gland, c'est signe de mauvais temps. Quand ils se grattent le cul, c'est qu'il ne fera pas beau non plus !

Elle explose de rire et je la rejoins dans son euphorie. Quand, à genoux sur mon lit, elle se lance dans une piètre imitation du goéland qui se gratte le postérieur, je lui ordonne de s'arrêter avant de me faire pipi dessus.

De longues minutes sont nécessaires pour qu'on récupère notre souffle. L'instagrameuse profite que nous soyons à peu près calmées pour me demander la permission de feuilleter mon carnet, encore entrouvert sur le tabouret qui me sert de table basse. Je sens mon ventre se tordre mais le lui tends. Elle m'invite à décrisper mes doigts qui enserrent la couverture, et parcourt les pages sans prononcer un mot. Tout à coup, elle délaisse son sujet d'étude pour me fixer de ses grands yeux bleus. Je me sens défaillir, persuadée qu'elle déteste.

— Cha, tu as un talent incroyable, s'écrie-t-elle. Pourquoi tu n'en as pas fait ton métier ?

Soit elle ment très bien, soit elle est vraiment impressionnée. Je joue avec une mèche de mes cheveux :

— Ce n'est pas un talent, c'est un passe-temps, je ne suis pas vraiment douée.

— Tu déconnes ? Attends, c'est quoi là, une histoire pour enfants ?

— Quelques planches seulement, rien de fou, dis-je avant d'avouer à mi-voix : c'était mon rêve de gosse, illustrer des albums de littérature jeunesse.

— Eh bien, j'ai envie de dire qu'il n'est jamais trop tard pour réaliser les rêves de l'enfant qu'on a été.

— Hier, j'ai fait de la balançoire.

— Rapport ?

— C'était un de mes autres rêves, d'avoir une balançoire. Je ne m'étais pas autorisée à me balancer depuis des siècles. Et hier, je l'ai fait.

Après avoir fini mon croquis, j'ai pris une photo. La légende était toute trouvée : « C'est ici que je me suis sentie libre pour la première fois. » Mais je ne l'ai pas postée. J'avais envie de garder ça pour moi, sans obtenir l'approbation de femmes qui ne me connaissent pas.

— Alors c'est le signe que tu dois continuer, affirme-t-elle en parcourant mon carnet. Dis-moi, c'est quoi cette passion pour les phares et les portes ?

J'avais bien constaté que le phare revenait fréquemment dans mes esquisses, mais je n'avais pas remarqué que j'avais dessiné autant de portes. Et de trousseaux de clés.

— Je n'en ai pas la moindre idée. Je gribouille avant tout pour libérer mon esprit quand il est trop embrouillé… Du coup, ça a sûrement une signification psychologique…

— Une sorte d'allégorie de ta vie ?

— Qui sait ? Je rêve régulièrement que je suis coincée devant une porte avec un trousseau rempli de clés, et quelles que soient celles que j'essaie, aucune ne rentre dans la serrure. Je me réveille toujours avant d'avoir trouvé celle qui convient.

— Intéressant, tout ça, articule-t-elle avec un accent allemand mal imité. Félicie Freud pense que c'est peut-être simplement que tu n'es pas devant la bonne porte ?

— Jonas t'inspire, dis donc !

Elle me donne un coup de carnet sur le crâne.

— Réfléchis, Cha. La porte, c'est celle de tes rêves, de ton avenir. Et la clé, c'est la confiance en soi. Comme tu ne la possèdes pas encore, cela signifie que tu dois la façonner.

— Beaucoup trop barré pour moi !

— Attends que cette idée ait cheminé dans ta tête et on en rediscute !

— Il va me falloir du temps alors. Mais en parlant de phare, de porte et de clé, j'ai un scoop : tu savais que Victor possédait la clé du phare ?

— C'est vrai ? Mais c'est génial, ça ! Tu crois qu'il accepterait qu'on aille le visiter ? J'ai toujours rêvé de dormir dans un phare, si on apporte un sac de couchage, ça pourrait être l'occasion !

— Attends, calme-toi, Victor ignore que je suis au courant. C'est Jeanne qui l'a mentionné. En revanche, elle m'a déconseillé d'y aller. Si tu veux prendre de l'altitude, on va devoir se contenter de l'ancien phare !

Félicie dévoile une mine circonspecte :

— C'est quoi, l'ancien phare ?

— Eh bien, pour une fille qui se targue de connaître l'île comme sa poche, heureusement que je suis là pour te montrer les choses à voir !

— *Oh my gosh!* J'ai créé un monstre. C'est où ?

— Suis-moi, mais en silence !

Discrètement, nous rejoignons l'escalier en colimaçon entre les deux maisonnettes. La lumière est allumée dans celle de Jonas.

Nous grimpons sans un bruit. Arrivée sur la planche de bois, Félicie retient un cri d'admiration. Du coin de l'œil, je repère que le Velux de Jonas est entrouvert, et le lui montre d'un signe du doigt pour qu'elle ne nous fasse pas remarquer.

Une éclaircie drape le phare d'un rayon lumineux. Mes cils en deviennent humides. Félicie photographie le paysage. Je remarque qu'elle aussi est émue.

Il n'y a pas besoin de parler pour partager un moment de complicité. Elle serre ma main dans la sienne pour me remercier, quand des coups résonnent en bas. Elle agrippe mes doigts et me questionne du coin de l'œil, sourcils relevés. Devons-nous rester ou déguerpir ?

Grincement de porte.

— Bonjour, Jonas.
La voix de Véra retentit par le vasistas.
Nous nous figeons.

36

14 août 1986

Comme chaque soir depuis qu'ils avaient la clé, Véra, Jonas et Irène se rendirent au phare à la nuit tombée.

La tour, construite sur un rocher, accueillait au premier étage une salle qui avait servi, jusqu'à peu, de pièce à vivre pour les gardes. La première fois qu'ils y avaient pénétré, Jonas, Véra et Irène avaient eu le sentiment que le dernier gardien était parti dans la précipitation. Le mobilier n'avait pas été enlevé, une casserole était posée sur la gazinière. Même le lit conservait des draps froissés et un oreiller.

Lors de leurs premières visites, ils avaient tout nettoyé afin de se créer un cocon. Ils avaient apporté quelques bougies, des bières et de quoi grignoter. Ils avaient fouillé et s'étaient montré leurs trouvailles : des vieux bouquins, des dessins effacés par l'humidité, une chaussette élimée… Ils s'étaient pris pour des chasseurs de trésor. Ils avaient même déniché un coffre, et quelques jours plus tard, une clé cachée sous le fin matelas. La clé étant rouillée, ils n'étaient pas parvenus à la faire tourner dans la serrure, alors Jonas l'avait emportée sur l'île afin de lui offrir une nouvelle jeunesse.

Ce soir, l'excitation était au rendez-vous. Les visages des trois amis montraient leur fébrilité. Le moment était venu de découvrir le contenu de ce vieux coffre. Ils avaient imaginé tant de choses, émis tellement d'hypothèses, qu'ils étaient tous trois persuadés qu'ils seraient déçus, tout en espérant néanmoins tomber sur quelque chose d'atypique, de merveilleux, de singulier *a minima*.

Jonas s'appliqua sous les encouragements de ses acolytes. Enfin, la serrure céda. Le coffre s'ouvrit dans un grincement de mécontentement, en même temps qu'une rafale de vent traversait le grand escalier. Un long frisson parcourut Véra.

Après quelques instants de silence, comme s'ils se recueillaient, ils commencèrent à fouiller la malle avec concentration. Poussèrent des soupirs contrariés. À l'intérieur, il n'y avait que des vêtements et des documents abîmés par le temps et l'humidité.

— Les déceptions ne tuent pas alors que l'espoir fait vivre, certifia Jonas, dépité.

Les filles ne le reprirent même pas.

Irène conservait les yeux rivés sur les papiers éparpillés devant elle.

— C'est une carte au trésor ? demanda Jonas en se ranimant.

— Non, ce sont les confessions du gardien du phare. Je crois que chaque feuillet représente un secret qu'il a voulu se sortir de la tête en l'enfermant dans cette malle.

Jonas pesta.

— C'est beau et triste à la fois, déclara Véra. Il était si esseulé que son unique confident est devenu un vieux coffre rouillé.

— Vous pensez sincèrement que ça l'a aidé ? demanda Jonas.

— Sûrement, affirma Véra en parcourant quelques pages. Écoutez : « Certains aiment les bains de foule. Moi, j'aime les bains de houle* ». C'est poétique !

— Et celle-là, déchiffra le jeune homme en se prêtant au jeu : « Une île, c'est peut-être un radeau pour les naufragés de la vie. » Il faut absolument que je m'en souvienne, elle va faire sensation au village !

— J'ai une idée, s'enthousiasma Irène. On va le faire, nous aussi. Et on verra si ça nous aide.

— Moi, je n'ai pas envie que mes pensées les plus profondes soient lues un jour par d'autres, affirma Véra.

— Alors, annonça Irène, avant que je parte, à la fin de l'été, on brûlera tout pour que nos confessions demeurent secrètes.

---

* Yves La Prairie, *Les Cent Un Propos d'un gardien de phare*, éditions du Cherche midi, 1988.

37

— Véra. Que me vaut le plaisir ? crache Jonas.

— Il faut qu'on parle.

Félicie me mime un cœur avec ses doigts. J'étouffe un rire et pose mon index sur ma bouche. Les bruits qui se succèdent révèlent que Jonas débarrasse une table, déplace un fauteuil ou une chaise. Même d'ici, on ressent leur animosité et une ambiance électrique. Est-ce que Véra a pris le temps de « déballer ses émotions » ?

— Installe-toi. Je t'écoute, prononce Jonas.

— Jo, je...

— Je n'ai pas beaucoup de temps, j'ai rendez-vous avec les autres pour préparer la course.

— S'il te plaît, Jo, ne complique pas la situation. On a passé l'âge...

Jonas part d'un rire sarcastique.

— Je suis bien d'accord. On a passé l'âge. Mais, Véra, c'est moi qui embrouille la situation ? À part en revenant m'installer à Broavel et en osant respirer le même air que toi, je ne vois pas comment. Dis-moi, qui fuit toute tentative de discussion depuis deux ans ? Qui me lance des piques à la moindre occasion ? Tu arrives comme une fleur aujourd'hui et tu voudrais que je te simplifie les choses ? Tout est simple, il n'y a que les gens qui sont compliqués.

— Arrête avec tes citations, bordel ! rugit Véra. Je te signale que c'est toi qui es parti, alors ta façon de simplifier les choses...

— Elle est bien bonne, celle-là ! Rappelle-moi pourquoi je suis parti ?

Véra lâche un profond soupir.

— C'était il y a trente-cinq ans. Il y a prescription, tu ne crois pas ?

— Donc, il y a prescription quand ça t'arrange. Qu'est-ce que tu voulais me dire ?

— Rien, laisse tomber. C'était ridicule d'envisager une conversation calme. Je croyais qu'on avait partagé suffisamment de choses dans le passé pour...

— Bien sûr qu'on a partagé des choses, Véra. Mais on était jeunes. Et tu m'as clairement fait comprendre que je n'étais pas assez bien pour toi.

— Je n'ai jamais dit ça, s'offusque l'Amazone en haussant le ton.

— Alors j'ai interprété. Au temps pour moi, éructe Jonas, avant de reprendre, plus doucement : tu te souviens des secrets qu'on avait écrits dans le phare ? Ceux qu'on devait brûler ?

Un ange passe et on entend le sourire dans la voix de Véra alors qu'elle avoue :

— Je crois qu'ils sont encore à l'abri dans le coffre du gardien. Je n'y suis jamais retournée.

— Jamais ? s'étonne Jonas.

— Sans Irène et toi, ça n'aurait pas eu la même saveur.

Il émet un faible rire. Félicie secoue ma main à m'en arracher le bras. Je suis tétanisée, aux aguets. Mon sang pulse dans mes tempes. On y est. Aux portes du secret.

— Tu as eu de ses nouvelles ? interroge Jonas.

— Certainement moins que toi.

— Comment ça ?

— Ne me la fais pas à l'envers, Jo. Elle m'avait mise dans la confidence.

— La confidence ?

— La veille de s'en aller. C'est pour cette raison que je t'ai repoussé quand le manque d'affection ou tes hormones en ébullition t'ont fait te rapprocher de moi.

— Ça ne s'est pas passé de cette manière, objecte-t-il.

Véra lâche un rire narquois :

— J'ai une excellente mémoire, pourtant.

— Chacun sa version. Et donc ? Elle t'a dit quoi ?

— Qu'elle était enceinte.

Le silence qui suit est éloquent.

Un hoquet de surprise s'échappe de ma gorge, et je dévale les escaliers pour rattraper mon cœur qui a déjà dégringolé.

38

Mue par une impulsion qui ne me ressemble pas, je m'introduis dans la cuisine des Oisillons, attrape le trousseau de clés bien accroché à sa patère, et repars en courant vers le hangar. Il y a tellement de théories qui s'entrechoquent dans mon cerveau que je ne m'entends plus penser. L'action me semble la seule réaction envisageable. Félicie me rattrape :

— On fait quoi, là ?

— Toi, je ne sais pas. Moi, je vais aller libérer les secrets du phare.

— *Wait a minute*. Tu ne préférerais pas qu'on se pose, qu'on se fume une clope et qu'on réfléchisse tranquillement ? La précipitation n'est pas la meilleure des conseillères. Il y a forcément une explication rationnelle à tout ça.

— Sûrement. Et si elle existe, elle est dans un coffre, écrite noir sur blanc. Et je vais y aller avant de me dégonfler. J'en ai marre d'être un ballon crevé.

— Euh, tu peux m'expliquer l'image ?

Je ne réponds pas, et continue d'avancer, Félicie sur les talons. Elle peine à suivre mon rythme. Mes longues randonnées à travers Broavel à la recherche de moi-même ont aiguisé mon endurance, et toutes les émotions qui se déversent en moi décuplent mon énergie.

— Mais tu vas y aller comment ? bougonne Félicie. Je te signale qu'il pleut et qu'accessoirement, le phare est au milieu de l'océan… Et tu pourrais aller moins vite, *bro* ?

Je stoppe net. La jeune femme me percute, avant de me dévisager. Je n'ai pas de temps à perdre, mais j'ai besoin de poser des mots sur les émotions qui me traversent.

— Victor possède une barque dans le hangar. Putain Félicie, tu te rends compte ? Je vais avoir trente-cinq ans et toute ma vie n'est qu'un mensonge. Je le sentais, au fond de moi. Aujourd'hui, j'ai lu un bouquin que Véra m'a filé, sur les secrets de famille. Tu sais ce que l'auteur écrit ?

— Non, bredouille Félicie, mais j'imagine que tout le monde a des secrets…

— Celui à qui on cache quelque chose durant son enfance le ressent de façon intrinsèque. Et ce mal-être peut ressurgir des années plus tard. Ce secret, pourtant inconnu, a néanmoins une incidence sur sa vie, parce que la mémoire émotionnelle transpire sur les héritiers.

Je me remets en marche, plus tranquillement cette fois. Ce n'est pas que je veuille aller moins vite, mais j'ai peut-être présumé de mon endurance.

— Ça se tient, concède la jolie blonde.

— Tu sais, je n'ai jamais eu aucune raison de suspecter le moindre secret de famille. Et pourtant, je ne me suis jamais sentie totalement à ma place. La mémoire émotionnelle.

— *Don't judge a book by its cover**, récite-t-elle. Quand on a accès qu'à la couverture du livre, on n'imagine pas ce qui se cache à l'intérieur.

— C'est absolument ça.

Je fais coulisser la porte en ferraille du hangar. Je scanne le lieu, avise une bâche sur des tréteaux, la soulève. La barque est là. Je l'inspecte, passe ma main sur la coque. Elle a l'air solide. Et lourde, très lourde. Trop lourde pour moi. Je jette un regard en coin à Félicie. Je n'ai pas envie de l'entraîner dans cette histoire, mais sans aide, je n'y arriverai pas.

— Ne me mate pas de cette façon, me lance Félicie.

— De quelle façon ?

— Comme si tu hésitais encore à me laisser en dehors de cette histoire. J'y suis, j'y reste. À trois, on soulève ce machin, et on part accoster le phare. T'es prête ?

Mon cœur se gonfle de reconnaissance.

— Merci.

— Ouais, tu me remercieras quand on reviendra vivantes, d'accord ? Allez ! En position !

Nous nous plaçons chacune d'un côté de la barque.

— Un, deux, trois !

Un des tréteaux s'écrase au sol, mais le bateau est désormais à terre. Un, deux, trois. Nous le portons à bout de bras sur vingt mètres avant de le relâcher.

— C'est lourd sa grand-mère ! geint Félicie.

Je ne l'aurais pas formulé ainsi, mais je partage son avis. On n'y arrivera jamais. Je réfléchis et propose :

— Sur le sable, on peut simplement le faire glisser ?

---

* Signifie littéralement « Ne juge pas un livre à sa couverture ».

Après quelques efforts et beaucoup de jurons proférés, nous arrivons près de l'océan. Aujourd'hui, il est particulièrement déchaîné. On dirait l'intérieur de mon cerveau. J'évite d'y penser, pour ne pas reculer.

Nous approchons au plus près de l'eau, nous déchaussons, relevons nos bas de pantalon et réussissons à monter à bord sans tomber dans l'océan, ce qui, pour ma part, relève déjà de l'exploit. Je jubile.

— Tu as déjà ramé ? interroge Félicie.

— Oui, une fois, en Dordogne, mais j'avais vingt ans.

— Ah. Pas tout à fait les mêmes vagues, si tu veux mon avis.

Nos éclats de rire nous permettent de cacher notre frousse.

— Il va falloir qu'on lutte contre la houle, OK ? dis-je, sur le ton d'une experte de la navigation.

— Ça me va. J'aimerais bien qu'on réussisse à maintenir la trajectoire, histoire de ne pas nous propulser contre ces rochers qui semblent franchement moins hostiles quand on les mate depuis la plage !

Mon courage du début laisse place à une lueur de lucidité. Nous sommes inconscientes.

— On peut encore changer d'avis, Félicie.

— Et rater ce merveilleux moment de partage et de complicité ! *No way !* Cap sur le phare, contre vents et secrets !

Nos premiers gestes sont désordonnés, désynchronisés, et au bras de fer, les vagues gagnent haut la main. On avance de deux mètres, elles nous font reculer de trois. De loin, cela doit ressembler à une danse, de celles qu'on retrouve aux mariages. La musique se lance et tout le monde se lève en s'exclamant « Hé ! Je connais la choré » ! Moi, je ne la connais jamais. J'ai un sens du rythme assez particulier. Mes membres ne sont jamais en osmose avec eux-mêmes.

— Cha. On ne va pas y arriver, me crie Félicie.

Elle a raison. Si on continue d'avancer à ce rythme, on se retrouvera sur la plage dans quarante-cinq secondes, et au phare d'ici trois ou quatre jours. Et encore, seulement si le vent arrête de souffler et que les vagues décident que désormais, elles ne feront plus que reculer.

— Il faut qu'on rame en même temps, j'ordonne, sans même comprendre la phrase que je viens de prononcer.

J'ai dû l'entendre à la télé.

On donne des coups de rame comme si notre vie en dépendait. On donne tout et au-delà même. Et enfin, on réussit à passer le premier barrage de vagues.

— On ne lâche rien, *captain* Cha ! me motive Félicie, hilare. Go, go, go !

On continue à avancer en rythme, et moi à y prendre goût, si je ne songe pas à mes bras qui se tétanisent sous l'effort. Après vingt minutes qui m'ont semblé durer cinq ans, on se retrouve sous le phare.

Je lève les yeux. Il est époustouflant, encore plus d'en bas. Je me sens tellement minuscule.

— Ne te déconcentre pas, Cha. On va accrocher la corde à l'échelle.

— Tu t'y connais en nœuds ?

— Si c'est seulement en tête de nœud, ça ne compte pas, n'est-ce pas ?

— C'est toi qui me déconcentres, Félicie ! Allez, fais-moi ton plus beau nœud au lieu de me faire rire !

Elle s'applique en grognant sous l'effort tandis je tente d'équilibrer notre barque du bout de ma rame.

Enfin, elle me tend la main.

— Je crois que ça devrait aller. À l'abordage !

Nous y sommes. Une forme d'euphorie monte dans mon ventre, mes lèvres se retroussent malgré moi.

Félicie me tend la clé. Je la tourne dans la serrure, et la porte s'entrebâille dans une sorte de plainte, comme si elle s'offusquait de nous trouver sur son seuil. Puis se bloque, sans nous offrir suffisamment d'espace pour nous faufiler.

La pluie nous aveugle à moitié. Le vent nous déséquilibre. On a choisi la meilleure journée. Je m'énerve en cognant des poings contre la porte, mais ne parviens qu'à me faire mal. Alors, je prends un peu d'élan et envoie valser mon épaule contre le fer. La porte couine. Je recommence. Elle geint. Au troisième assaut, elle capitule et nous fraie un passage.

Nous sautons dans les bras l'une de l'autre en improvisant une danse de la joie. Nous ne serions pas plus enjouées si nous venions de trouver le code pour ouvrir les grilles de Fort Boyard. Il n'y a pas de petite victoire.

— Je ne savais pas que tu avais pratiqué le judo, ricane Félicie. Mais bravo !

— Merci. Je pense que mon épaule a vécu son moment de gloire et que demain, elle risque d'avoir la gueule de bois.

Nous entrons dans le phare sans chercher à refermer entièrement la porte, histoire de ne pas nous retrouver bloquées au moment de repartir. À l'intérieur, il fait froid, humide, et sombre. Je suis parcourue de frissons et, si j'en crois les ongles de Félicie qui se plantent dans mon avant-bras, elle n'en mène pas large non plus. Nous allumons les lampes de nos téléphones et grimpons les marches en nous tenant par la main. La porte, restée entrouverte, crée un courant d'air qui nous glace jusqu'aux os.

— Bon, dis-je en tentant de ne pas faire trembler ma voix, j'espère que personne n'est venu enlever ce coffre depuis tout ce temps.

— Et que l'humidité n'a pas effacé l'encre des confidences.

Nous ouvrons une porte en bois, au premier et certainement seul étage du phare.

La pièce sent un mélange de renfermé et de moisi. J'essaie de ne pas penser au nombre d'araignées qui vivent ici leur meilleure vie et observe la pièce. Le mobilier du dernier gardien du phare n'a pas apprécié les années de solitude. Il reste un lit une place, une table brinquebalante et deux chaises. Une vieille cantine en métal, de celle qu'on voit dans les films ou dans les colonies de vacances, occupe une bonne partie de l'espace. J'essaie d'en soulever le socle en vain. Elle est fermée par un cadenas.

— Vraiment Cha ? tique Félicie. Tu penses qu'ils auraient planqué leurs secrets dans un truc aussi évident ? Ce n'est pas un coffre, c'est un container ce truc !

Vexée, je marmonne :

— Bah, ils n'ont pas parlé de la taille du coffre... et puis Jeanne m'a raconté que le phare avait été automatisé avant qu'elle n'arrive sur l'île. Et vu que Victor est le seul à Broavel à posséder la clé… ils n'ont certainement pas vu de problème ?

Je me rapproche de l'étroite fenêtre et observe les rochers en essayant de réfléchir comme une bande d'adolescents. Quoi qu'il en soit, si quelque chose a été enfermé là-dedans, on ne le saura jamais. Je ne me vois pas briser le cadenas. Se rendre dans le phare, c'est une chose. Vandaliser ses vestiges, c'est au-dessus de mes forces. On a sans doute bravé l'océan pour rien.

— Tadam ! crie Félicie.

Je me retourne. Un immense sourire inonde son visage, révélant ses dents blanches. Dans sa main, elle tient le cadenas ouvert.

J'en reste comme deux ronds de flan :

— Waouh ! T'es trop forte ! Mais comment as-tu fait ?

— J'ai toujours été fan de MacGyver, plastronne la jeune femme, il m'a suffi d'utiliser une pince à cheveux, de la coller avec le feu de mon briquet, et d'écouter le son de la mécanique qui se déverrouille.

J'hallucine sur la débrouillardise de la jeune femme, avant de tiquer :

— En quelques secondes ?

— Bon, OK, j'avoue. La clé était juste sur l'étagère, en fait.

J'éclate de rire.

— Que tu es con !

— Ah bah, c'est comme ça que tu remercies l'héroïne du jour, lâche-t-elle sur un ton faussement outré, avant d'ajouter : je te l'ai dit, Cha, parfois, au lieu de se compliquer la vie, il vaut mieux aller au plus facile ! Il y a toujours une solution.

— C'est pas toi qui as dit ça, c'est Jonas.

Mon géniteur.

— C'est kif-kif !

Nous nous agenouillons devant la malle et soulevons le couvercle ensemble.

À l'intérieur, se trouve un fouillis que je n'aurais jamais imaginé. Des frusques qui partent en lambeaux et qui sentent le moisi, des livres abîmés, de vieilles bouteilles jamais ouvertes... mais pas de feuilles.

Je me rembrunis :

— Tu vois Félicie, parfois, quand c'est compliqué, c'est compliqué.

Une rafale de vent s'engouffre dans l'escalier en hurlant dans nos oreilles. Cela ressemble à une plainte venue des ténèbres.

Je relève la tête, mal à l'aise, et chuchote :

— Peut-être que c'est le fantôme du gardien qui refuse de nous laisser trouver la clé des secrets.

— Petit gardien, chantonne Félicie, c'est Cicie et Cha, on vient en paix...

Je pouffe de rire. Quand je me trouve avec Félicie, j'ai l'impression que la vie m'offre une seconde chance de commettre des bêtises d'adolescente, de celles qui créent des souvenirs pour la vie. Mais la boule dans mon estomac me rappelle qu'au jeu de la seconde chance, j'ai plutôt le droit de redistribuer les cartes de l'arbre généalogique.

Je continue à enlever méthodiquement le contenu de la malle. Est-il possible que les feuilles soient devenues poussière ?

Je déplie une couverture et tout à coup, je le vois. Un coffre en bois, sans cadenas.

Quelque chose remue dans mon estomac, une sorte d'excitation mêlée à de l'appréhension. J'hésite quelques secondes, les doigts en suspens, puis soulève le couvercle. Protégées par un tissu à fleurs, très certainement déjà vintage il y a trente-cinq ans, les feuilles paraissent intactes. Je les parcours rapidement sans reconnaître l'écriture de ma mère. Je fouille encore. Dans le fond du coffre, je découvre un carnet.

Si j'ai vraiment un sixième sens, il représente la clé. Mes mains ont envie d'applaudir toutes seules, ou alors, j'ai chopé Parkinson. Jusqu'à présent, je ne sais rien et peux encore faire comme si aucun secret de famille n'existait. Mais quand j'ouvrirai ce carnet, s'il appartient à ma mère, je lèverai le voile sur un pan de ma vie.

— Tu crois qu'il appartient à ta daronne ? s'impatiente Félicie.

— Aucune idée, mais j'ai un pressentiment.

— *Open it !*

— Attends, je ne suis pas prête.

— Tu ne le seras certainement jamais, devine-t-elle en l'attrapant et en l'ouvrant.

Je bondis sur mes pieds et me cache les yeux derrière mes doigts écartés, telle une adolescente devant un film d'horreur :

— Je ne veux pas savoir, Félicie. Referme-le.

Elle obéit avec un rictus :

— Il n'appartient pas à ta mère, de toute façon.

— Ah.

Une chape de plomb s'abat sur mes épaules. Je suis aussi déçue que la fois où j'ai cru que j'allais recevoir un hamac et que j'ai finalement déballé une montre connectée.

Félicie bondit comme un diable de sa boîte :

— Haha ! Tu vois que tu voulais savoir ! Donc, bon, la bonne nouvelle, c'est que je t'ai menti. Le carnet appartient à ta mère. Irène Vasseur, c'est ça ?

La chape de plomb s'envole. J'ai envie de l'insulter et de la serrer dans mes bras.

— C'est son nom de jeune fille, oui.

— Alors lis.

Avant de changer d'avis, j'ouvre à la première page.

Ce carnet est la propriété d'Irène Vasseur, vous êtes priés de ne pas le lire et de me le rapporter si vous le trouvez.

Je referme le cahier comme si les pages m'avaient brûlé les doigts et pousse un cri de rage. Même depuis un carnet écrit il y a trois décennies, ma mère réussit à me contrôler. Comme si, en définitive, c'était elle la marionnettiste de ma vie.

— Non, je n'ai pas le droit.

Je connais l'importance des mots. La façon dont ils sont alignés peut transformer un récit. Dans le cas présent, ils peuvent bouleverser des vies. Tant qu'ils n'ont pas été lus par d'autres, les mots n'existent pas vraiment. Ils peuvent être effacés, gommés, remplacés. Une simple virgule en modifiera le sens.

Mais à partir du moment où je les déchiffrerai, c'est moi qui pourrai les interpréter. Et ma vision des choses en sera altérée.

Félicie trépigne dans mon dos.

— Allez, meuf, *you can do it* !

Je soupire. Et j'ouvre le carnet.

39

16 août 1986

Chacun avait emporté, dans un sac ou au fond de sa poche, les moments douloureux d'une vie.

Jonas, qui affectionnait pourtant les belles phrases, n'avait pris qu'une feuille volante sur laquelle des mots-clés se suivaient, sans cohérence pour un lecteur non averti. Pêche, mémoire, honneur, inventions. C'était lui qui croyait le moins au pouvoir salvateur des aveux brûlés. Sur ce bout de papier, il s'était contenté de juxtaposer l'avenir auquel il se destinait et celui qu'il aurait préféré. Avec un peu de chance, quelqu'un lui enverrait un signe. Continuer à croire en ses rêves, ou embarquer sur un chalutier pour suivre sa destinée ?

Véra, de son côté, avait été studieuse. Elle avait passé la nuit précédente et une partie de sa journée à noircir, en pleurant, une quinzaine de pages de son écriture fine et nerveuse. Elle y avait raconté l'année écoulée, les émotions, cette impression de s'éteindre à petit feu, et puis la lueur comme un espoir. Elle y avait écrit ce qu'elle n'avouerait pas à Jonas. Que cet été, ses sentiments pour lui avaient évolué. Qu'un simple frôlement de leurs mains bouleversait tout son être. Mais que si, comme elle avait cru le remarquer l'autre soir, il s'intéressait à Irène, elle n'entraverait jamais son droit au bonheur, parce qu'il était avant tout son meilleur ami. Elle avait enfermé ses feuilles volantes dans un tissu fleuri qu'elle avait découpé dans un drap.

Irène, quant à elle, s'était contentée de rapporter le carnet offert par sa mère pour y consigner les moments doux. Celui qu'elle avait utilisé pour coucher ses secrets.

Selon un rituel qu'ils avaient déterminé, ils se reliraient une seule fois, puis laisseraient leurs écrits dans le coffre en bois. S'ils avaient d'autres choses à écrire avant la fin de l'été, ils pourraient revenir, ensemble, pour les déposer. Sinon, ils ne récupéreraient le tout que le dernier soir de l'été, avant qu'Irène ne retourne à sa vie, et ils en feraient un feu de joie.

Elle parcourut les premières pages, en se disant qu'il valait mieux tout brûler. C'était dingue comme en un été, les priorités pouvaient évoluer. Les certitudes voler en éclats. Les grands principes devenir insignifiants. Et comme certaines rencontres pouvaient panser les plaies à vif.

« Ce carnet m'a été offert pour que j'y consigne les moments doux.

Une sorte de journal intime. Mais je ne suis pas du genre à m'épancher.

Je cogite, je tergiverse, je rumine, mais me confier, jamais.

Je m'enferme dans les sombres pensées, et j'ai peur de devenir comme ma mère. Est-ce que la tristesse est contagieuse ? Est-ce que ses ombres peuvent m'attraper, ses démons me dévorer ?

Il faudrait que je me livre avant de me retrouver coincée en moi.

Au cas où, cher Journal, je vais t'utiliser comme un ami qui ne me trahira pas, pour ôter de mon cœur ce que je ne parviens pas à prononcer.

Tout le monde a un secret. Certains sont plus lourds que d'autres à porter.

Le mien, je le traîne comme un sac de plomb depuis des années.

Je suis Irène Vasseur, née en 1969 d'une mère naïve et d'un père coureur de jupons.

J'ai, paraît-il, été conçue lors d'une nuit de passion.

La passion, c'est ce qui a toujours animé ma mère.

Elle voulait être star de cinéma.

Elle est devenue ouvreuse, c'était, disait-elle, déjà ça.

C'est là-bas qu'elle a rencontré mon père.

Au programme, il y avait Les Centurions. *Il était aussi beau qu'Alain Delon. Elle s'est imaginée Claudia Cardinale.*

Il n'a pas eu besoin de lui faire la cour qu'elle trottinait déjà.

Ils se sont vus quelques fois.

Et puis il est reparti. Il repartait toujours. A promis de revenir. Il promettait souvent.

Il avait simplement omis de lui signaler que cette promesse, elle n'était pas la seule à qui il l'avait faite. Alors il revenait en pointillés. Toujours trop peu pour elle, toujours bien trop longtemps pour lui.

Il rêvait de Venise et de liberté à une époque où la chanson n'avait pas été écrite. Il rêvait de New York, Prague, Barcelone, Stockholm, Londres… Brétigny-sur-Orge n'était pas sur la carte de ses envies.

Pourtant, des envies, d'après ma mère, il en avait un paquet.

Il rêvait de vivre intensément. De vibrer, bouger, voir le monde avec ses yeux de grand enfant.

Et elle, elle désespérait.

Et puis un jour, il n'est plus revenu. Sept mois plus tard, je naissais. Ma mère n'avait connu que lui. Elle ne s'en est jamais remise. Elle ne pouvait pas. Elle l'espérait.

Elle m'a élevée dans l'attente d'un fantôme.

"Quand ton papa sera là… quand il reviendra…" alors, ça serait la fête, une semaine complète de dimanches sans devoir aller à la messe.

Quand papa serait là, on m'achèterait une jolie robe et des chaussures vernies.

Quand papa reviendrait, on déménagerait et on n'aurait plus besoin de dormir dans la même pièce… Quand mon papa serait enfin à la maison, la vie vaudrait la peine de ne pas pleurer chaque nuit.

Je ne sais pas qui de nous deux a compris la première qu'il ne nous rejoindrait jamais.

Moi, sans doute. Parce que jusqu'à son ultime souffle, elle l'attendra. Plus aussi fébrilement qu'avant, mais bercée par ce doux espoir que l'amour triomphe toujours, comme au cinéma.

Une vie entière à y croire, à oublier de vivre sa vie.

Une vie entière à bousiller la mienne par amour pour lui.

Est-ce qu'elle tente de le chasser de son esprit ou de le faire revenir dans son sommeil, dans les bouteilles d'alcool ou dans les somnifères ?

Il lui a volé son cœur, il m'a volé ma mère.

Mais moi, je l'ai retrouvé. Souriant fièrement dans le journal. Victor Tolbi, l'enfant du pays qui s'est exilé sur une île. J'ai promis à ma mère que j'allais le rencontrer pour lui révéler qu'elle l'attend encore. Et qu'il a une fille. »

40

Je referme le carnet avant que mes larmes inondent les pages et fassent baver l'encre.

Je suis tellement choquée que je n'arrive même pas à réaliser. C'est comme si on venait de plonger mon cerveau dans un bocal rempli de papier de verre et que je contemplais une histoire qui n'est pas la mienne.

Félicie n'ose plus ouvrir la bouche. Elle guette mes réactions, ses bras prêts à m'envelopper. J'essuie les larmes au coin de mes yeux et tousse pour m'éclaircir la voix :

— Eh bien... Moi qui pensais que ma mère avait une vie fade et terne... Jonas et maintenant Victor, ça fait beaucoup de nouveautés...

— Rien n'était écrit par rapport à Jonas, rectifie-t-elle en haussant les épaules.

— Non, mais j'ai un grand-père. Combien de secrets a-t-elle encore cachés ?

— Elle ne t'a jamais parlé de lui ? Ni elle, ni ta grand-mère ?

— D'après ce que j'en ai entendu, ma grand-mère est décédée peu de temps avant ma naissance. Quant à son mari, il est soi-disant mort quand ma mère était gamine, mais je n'ai jamais vu l'ombre d'une photo.

En réalité, il est ici, sur cette île.

— Tu penses qu'elle l'a finalement mis au courant qu'elle était sa fille ?

Sait-il qui je suis ? Je ne ressemble pas à ma mère. Je ne ressemble pas non plus à mon père, ceci dit. En définitive, je ne connais rien de mes racines. Je ne sais même pas quoi répondre à Félicie.

Elle m'enlace longuement.

— Ça va ? chuchote-t-elle en me caressant doucement le dos.

— Oui.

— Et en vrai ?

C'est marée haute dans l'océan de mes yeux. J'inspire profondément pour faire reculer les vagues de larmes.

— Honnêtement, je ne sais pas. Je ne m'attendais pas à ça. Je pensais repérer le nom de Jonas dès les premières lignes. Je commençais à m'habituer à ce que cet hurluberlu soit mon père. Et bam. Je tombe de l'arbre généalogique.

— Il faudrait que tu finisses la lecture de ce carnet.

— Je crois que j'en sais déjà bien assez.

— Non, je ne crois pas. Tu sais pourquoi elle est venue. Mais que s'est-il passé ensuite ? Et surtout, pourquoi est-elle repartie ?

— J'en ai ma claque, des secrets. Je croyais qu'en les découvrant, je me sentirais plus légère. C'est ce qu'ils racontaient, dans ce guide de psychologie à la con. Que connaître la vérité libérait. Mais c'est faux. Je me sens encore plus perdue. Je n'aurais jamais dû venir. Je regrette tellement... j'ai brassé de la merde, et me voilà engluée dedans.

— Ah, c'est ça l'odeur ! ose Félicie.

Je redresse la tête, choquée qu'elle puisse plaisanter dans un moment pareil. Et pourtant, malgré moi, je pars dans un éclat de rire libérateur. Bien trop puissant proportionnellement à la vanne pourrie de Félicie, mais j'ai besoin de vider le trop-plein d'émotions, d'une façon ou d'une autre. Je ris, je sanglote, je hoquette. J'oscille entre colère, tristesse, euphorie ou apathie. Mon humeur est à l'image de la météo bretonne, elle ne sait pas ce qu'elle veut. J'attends l'arc-en-ciel.

— Suis-moi, on monte.

— T'as du mal à respirer ?

— Non, ça va. Viens.

— Mais tu veux vraiment monter ? Par ce temps, t'es sûre ? Tu ne vas pas faire de connerie, hein ?

— J'ai le vertige, Félicie. Si je réussis à ne pas fondre en larmes en agrippant la rambarde, crois-moi, ce sera une bonne journée. J'ai simplement envie de me dépasser.

Elle acquiesce, me serre la main.

Nous grimpons les marches avec précaution. Certaines, vermoulues, sont tellement glissantes qu'en n'y prenant pas garde, on pourrait se rompre le cou. La porte en verre qui mène à la ronde du phare est grippée. Je m'apprête à faire demi-tour mais finalement, je persévère. Elle cède. Je savoure ma victoire contre les éléments en me trémoussant. Félicie pose sa main sur ses yeux, l'air de penser qu'elle m'a définitivement perdue.

Je risque un coup d'œil par-dessus le parapet. D'ici, la grande bâtisse des Oisillons semble n'être qu'une maison de poupée. Mon cœur se rabougrit, tel un ballon de baudruche en fin de vie.

La tristesse revient par vagues déchaînées.

Je me sentais bien sur cette île. J'avais le sentiment d'avoir trouvé un groupe, presque une famille.

Et voilà que ma mère a tout foutu en l'air. Encore une fois.

Je m'accroche au garde-corps et ose relever la tête. Shoot d'iode dans les poumons. Un goéland se pose près de nous en penchant le bec, comme s'il s'interrogeait sur la raison de notre présence en ces lieux. Je l'envie. Il est libre d'aller et venir où il veut, quand il veut.

J'aimerais l'imiter.

Qu'est-ce qui me retient ? Après tout, c'est à moi de prendre mon envol, de lutter contre le vent, et de décider quelle direction offrir à ma vie.

Ma mère n'a jamais dit la vérité, mais qu'est-ce qui m'empêche de la dévoiler ?

Je dresse mentalement une liste de risques et de bénéfices, quand Félicie pousse un cri étouffé :

— Putain, Cha ! C'est pas notre barque qui est en train de se barrer ?

Je fixe la direction qu'elle pointe du doigt. Effectivement, notre bateau rejoint doucement la plage. Sans nous. Cela ne peut pas être vrai. On ne peut décemment pas avoir un karma aussi pourri. J'aimerais pouvoir remplacer le marionnettiste de ma vie.

— T'avais pas fait un nœud ?

— T'as bien remarqué que j'avais toujours des baskets à scratch, se justifie l'instagrameuse d'un ton penaud. J'ai horreur de faire mes lacets, alors un nœud de huit... j'ai fait du mieux que je pouvais. J'aurais sans doute dû te demander de vérifier.

Un rire nerveux monte dans ma gorge. L'heure est grave. Pourtant, serrées l'une contre l'autre en haut de cette tour, nous sommes gagnées par une crise de fou rire incontrôlable. J'en ai mal aux joues, aux abdos, aux côtes, mais impossible de m'arrêter. Dès que l'une se reprend, l'autre la fait repartir en pouffant. Jonas conclurait que même quand tout part en vrille, le rire reste la preuve de quelque chose. Je ne sais pas précisément de quoi... il faudra que je lui demande en même temps que je lui annoncerai que je suis peut-être sa fille.

Au bout de ce qui me semble être une éternité, nos rires se tarissent enfin, et la bruine cesse complètement. De l'index, Félicie me désigne un morceau de ciel bleu qui se force un passage au milieu des nuages. Le soleil se dévoile.

— Tu sais comment ils appellent ça ? La culotte de gendarme.

— Quoi ?

— Ce morceau de ciel bleu au milieu du gris, ils l'appellent la culotte de gendarme.

— Ils devraient appeler ça l'espoir.

Félicie acquiesce.

— En parlant d'espoir, tu captes, toi ?

Je récupère mon téléphone au fond de ma poche :

— Rien du tout, et de toute façon je n'ai presque plus de batterie.

— OK. Bon. Tu connais l'heure des marées ?

Je grimace :

— Est-ce que j'ai une tête à connaître les horaires exacts des marées ?

— Ça doit se produire une fois ou deux par jour, non ? Donc l'océan va se retirer. Quand il le fera, on aura quelques minutes pour courir jusqu'à la plage, assure-t-elle en redescendant les marches. On aura peut-être de l'eau jusqu'aux genoux, à la taille au pire, mais on pourra rentrer.

— Et si ça arrive au milieu de la nuit ?

— On va éteindre nos téléphones pour économiser la batterie et pouvoir utiliser nos lampes au bon moment.

— Ça marche.

Puisqu'il n'y a rien d'autre à faire que prendre notre mal en patience, je me perds dans la contemplation du paysage.

Félicie avait raison, quand elle me parlait de perspectives. D'ici, le monde paraît plus petit. Mes angoisses aussi. Pendant un long moment, nous savourons le calme du lieu. Le soleil en profite pour tirer sa révérence, de l'autre côté de Broavel. Bientôt, l'obscurité nous enveloppera. Un coup de vent me fait frissonner.

— On va peut-être se mettre à l'abri, non ?

— Tu as raison. Quand il fera nuit, ce sera plus chiant de redescendre les escaliers sans tomber. Et puis on sera plus près pour retourner sur le rocher quand les vagues nous laisseront le champ libre.

La chambre du gardien me semble encore plus lugubre entre chien et loup qu'en plein jour. Enfermée dans cette pièce, j'ai beaucoup plus de mal à relativiser qu'au sommet du phare.

Félicie doit le sentir, puisqu'elle s'approche de moi, l'air malicieux et l'index levé, et propose :

— On s'occupe des autres secrets que contient la boîte ?

Ma curiosité me pousse à accepter, mais l'hésitation prend le dessus :

— Je ne sais pas. Ce n'est pas sympa pour les autres, ils n'ont rien demandé. Imagine si on découvre des trucs qu'on ne devrait vraiment pas savoir ?

— Ils ont écrit ces secrets quand ils n'étaient que des adolescents, il y a plus de trente ans, argue-t-elle pour essayer de me convaincre. Il y a prescription, non ? Je veux dire, même s'ils cachaient un cadavre sous ce lit, il serait trop tard pour les coller en prison. Et pas seulement parce que le corps serait sacrément en décomposition.

— T'en es sûre ?

— Bah, c'est ce qu'ils disent dans *New York, unité spéciale*.

Cette fille a décidément le don de me faire rire. Je glousse :

— Ah. Alors, ça doit être vrai.

— Tu es sûre de ne pas vouloir continuer ta lecture du carnet ?

— Pas vraiment, non.

— Tu as peur de ce que tu pourrais y trouver ?

— Absolument.

— Mais tu n'es pas curieuse ?

Je pèse le pour et le contre :

— D'après les dires de Jonas et Véra, ils devaient les brûler, mais ne l'ont pas fait. S'ils avaient effectivement vécu quelque chose d'affreux, ils auraient certainement pris la peine de les récupérer...

— Sûrement. Donc, ça signifie que ce ne sont que des secrets qui méritent d'être dévoilés. Peut-être qu'ils les ont laissés ici simplement pour que quelqu'un les trouve.

— Pour alléger leur conscience, tu veux dire ?

Son attention rivée sur Broavel, Félicie ne dit mot sans consentir pour autant.

— Je vois de la lumière au bout de la plage.

— C'est une image ? Une métaphore ? Je ne la comprends pas !

— Non Cha, c'est la vraie vie, s'excite Félicie. Des faisceaux lumineux ! Y a quelqu'un qui doit nous chercher ! On est sauvées !

— Oh ! Alors on retourne au sommet du phare et on se fait remarquer.

Nous remontons les marches aussi vite qu'elles nous le permettent, tout en rallumant nos téléphones, même si, devant le feu du phare, il y a peu de chances que nos mini lampes se repèrent. Tant pis. On braille, on bouge nos bras dans tous les sens. On doit ressembler à deux nanas bourrées qui sont persuadées de bien danser. Heureusement qu'aucun drone ne nous filme.

Ça s'agite sur la plage. Des bruits de voix nous parviennent, mais il nous est impossible de comprendre ce qu'ils crient.

Soudain, des coups résonnent en bas des escaliers.

Félicie se met à hurler.

— Oh, merde ! C'est peut-être le fantôme !

— Qui s'amuserait à frapper avant d'entrer ?

Elle hausse les épaules, et me laisse passer en premier.

Sur le seuil, nous retrouvons Victor, l'air soulagé. Silencieusement, je conjure Félicie de ne rien dire. Elle mime une fermeture Éclair qui referme ses lèvres. Elle ne me trahira pas.

— Eh bien, les filles, raille-t-il, vous me rappelez un groupe de jeunes que j'ai bien connu aux Oisillons ! Allez, on va se faire une soupe ? Vous nous raconterez ce qui vous a pris de jouer les aventurières...

— Victor, je suis désolée, on a perdu le Tabur...

— Rien ne se perd vraiment, quand on vit sur une île. Les vagues nous ramènent toujours l'essentiel. On l'a récupéré, et c'est ce qui nous a donné l'idée de venir par ici. La barque de Jonas nous attend.

Il sort et Félicie le suit. J'hésite, puis cours récupérer le carnet que je glisse sous mon manteau avant de refermer la porte du phare.

41

Victor nous a laissé le temps d'une douche pour nous réchauffer, puis nous a convoquées dans la cuisine des Oisillons. Décidément, on reste dans la thématique des bêtises d'ados, sauf qu'il va falloir assumer.

Jeanne, Victor, Jonas et Véra ont fini de dîner et se tiennent immobiles autour de la table, tandis qu'on se remplit l'estomac. Zélie n'a eu le droit que de nous embrasser avant de monter se coucher. Ses protestations accompagnent la dégustation silencieuse de notre soupe de poisson. Jeanne nous observe avaler notre plat comme une poule qui couve ses œufs. Si ça continue, elle va nous caresser la tête et nous donner à manger à la cuillère. C'est assez gênant.

Lorsque Zélie semble endormie, Victor prend la parole :

— Vous n'êtes pas les premières et sûrement pas les dernières, mais vous savez qu'il est interdit de monter dans le phare, n'est-ce pas ?

— Ah bon ? tente Félicie. On s'est dit que ça faisait partie d'un circuit touristique, ou un truc du genre.

— Vous n'êtes pas allées là-bas en touristes, affirme Jeanne.

— Et vous avez écouté une conversation privée, continue Véra.

— La curiosité est le chemin le plus court vers la connaissance, conclut Jonas. Mais parfois non, ajoute-t-il en se rendant compte que sa citation n'était pas la plus probante.

Je déglutis. Je déteste me faire réprimander, mais plus que tout, je déteste décevoir les gens. Pourtant, il faut que j'admette ma responsabilité :

— Je plaide coupable. Et Félicie n'y est pour rien, je l'ai entraînée avec moi.

— Tu ne m'as pas mis le couteau sous la gorge, assure l'instagrameuse.

— Qu'alliez-vous fabriquer au phare ? demande Véra.

Félicie et moi nous perdons dans la contemplation de nos couverts, comme deux gamines prises en faute.

Avant qu'elle ne sorte une réponse telle que l'air frais ou l'aventure, je préfère avouer :

— Je voulais trouver le carnet d'Irène. Et désolée d'avoir écouté votre conversation, mais je crois que ça me concerne. Je suis… sa fille.

Ils adoptent tous la même tête que le poisson de ma cuvette des toilettes.

C'est Jeanne qui se remet du choc le plus vite :

— Oh, mais oui ! s'exclame-t-elle. Maintenant que tu le dis ! C'est pour ça que ta tête me dit quelque chose. Je pensais que tu ressemblais à une fille de série, mais c'est ça ! Mon Dieu ! La fille d'Irène.

Les yeux humides, elle fait de grands gestes avec son torchon pour endiguer le flot d'émotions.

— Est-ce qu'elle sait que tu es là ? l'interrompt Véra.

— Non. Je suis venue après être tombée sur la lettre d'un certain J.

Jonas relève la tête, interdit. Véra le fusille du regard.

Je sors la lettre que j'ai récupérée pendant que je me changeais.

— Oh ! C'est moi qui ai écrit ça ! s'écrie Jeanne, sans remarquer le sourire narquois de Jonas en direction de Véra. J'espérais qu'elle me donnerait des nouvelles, après tout ce qu'on avait vécu...

— C'était un sacré bout de femme, ta mère, annonce Victor.

Je me mords l'intérieur des joues. Il n'est donc pas au courant.

— Mais alors, percute Véra, c'est toi le bébé qu'elle attendait quand elle est partie...

— Eh bien, ça ne nous rajeunit pas, s'exclame Jeanne. Je me souviens encore quand je lui ai appris, après l'avoir auscultée, qu'elle avait les symptômes classiques du polichinelle dans le tiroir.

— Donc, tout le monde savait à part moi ? questionne Jonas, qui ajoute sur un ton de reproche : j'aurais pourtant dû être mis dans la confidence, vu que Véra est restée persuadée que j'étais le géniteur...

Je redresse la tête, en apnée :

— Ce n'est pas le cas ?

— Pas du tout, répond-il. Rien ne s'est jamais passé entre Irène et moi. Mon cœur était déjà pris. Par une femme qui l'a piétiné.

Je sens Véra se crisper.

— Tout ça, c'est de ma faute, se désole Jeanne. S'il n'était pas venu... rien de tout cela ne se serait produit.

— OK boomers... intervient Félicie. On peut faire un petit arrêt sur image afin que vous nous racontiez ce qui s'est passé ? Parce que pour tout vous avouer, là, j'ai l'impression d'arriver à la saison 12 d'une *telenovela*. Et j'ai du mal à suivre. On pourrait peut-être se mettre à l'aise, se préparer du pop-corn et passer en mode récap, non ?

42

— Cette histoire a commencé lorsqu'une 4L au plancher défoncé s'est arrêtée sur le bas-côté de la route, à la sortie de Vannes, annonce Jeanne en regardant Victor avec tendresse. Ce matin-là, je venais de quitter le père de Clotilde après qu'il eut levé la main sur mon ventre. Tant qu'il s'en prenait à moi, j'arrivais à l'excuser. Là, ce fut la goutte de trop.

— Je me souviens de ton mouvement de recul quand je m'étais garé, annonce Victor, sa main posée sur celle de Jeanne. J'essayais de descendre la vitre côté passager, la manivelle m'était restée dans la main...

— Du grand Victor, déjà ! se moque-t-elle avec tendresse. Il m'avait demandé où j'allais, j'avais répondu le plus loin possible... et il m'avait brossé le portrait de Broavel. Une île au milieu de l'océan, un endroit sans voiture, plutôt sauvage, pas toujours accueillant, où les gens vivaient au gré des vents et des marées, des bourrasques et des tempêtes. Un lieu où seuls les illuminés dans son genre ou les cabossés de la vie décidaient de rester de leur plein gré. Je n'étais pas cabossée, j'étais en miettes. Alors j'étais montée dans la 4L. Et cette décision m'a souri, longtemps. Jusqu'au jour où il m'a retrouvée…

Mes doigts s'accrochent à ma serviette de table pour m'empêcher de trembler. Je sais que ma mère fait partie de cette histoire. Félicie passe sa main dans mon dos en signe de réconfort. Les tressaillements s'atténuent.

— C'est quand on pense que le pire est loin derrière soi qu'il surgit soudainement. Comme pour rappeler que c'est la vie qui décide, amorce Véra.

— C'est exactement ça, acquiesce Jeanne. Même quand l'océan est calme, il y a toujours des vagues pour remuer le passé. Je vivais ici depuis quelques mois, Clotilde était née, j'avais repris le poste d'infirmière au village… et puis les coups de téléphone ont commencé. Il n'y avait personne au bout du fil, à peine un souffle, comme si la ligne était défaillante. Au fond de moi, j'avais conscience que ce n'était pas la ligne qui était mauvaise, mais lui. Les appels ont été de plus en plus réguliers. Toujours le même souffle, comme pour marteler le fait que je ne serais jamais tranquille, qu'il savait où me trouver. J'ai recommencé à nager en eaux troubles, à faire des cauchemars…

— Le moindre râle de bateau la mettait dans des états de transe dont elle avait bien du mal à sortir, ajoute Victor, la bouche tordue au souvenir de ces moments difficiles. Même si je commençais bougrement à m'attacher à elle, et à la petite, je lui ai proposé de partir, de se créer une nouvelle identité, de passer une frontière peut-être…

— Mais ça me crevait le cœur de quitter Broavel, je dois l'avouer. Et puis, je n'ai même pas eu l'occasion de m'y préparer. Un jour, Irène, enfin ta mère, est arrivée. Elle venait du village, et elle m'a avertie qu'un homme, au Repaire, avait demandé après moi. Elle l'avait trouvé louche, alors elle avait préféré me mettre au courant. Une intuition, un sixième sens, que sais-je ? Cela m'a certainement sauvé la vie.

— Nous, continue Jonas, on s'était mis en tête que le mari de Jeanne était mort, et elle, elle ne nous avait jamais détrompés, évidemment. Quand Irène est revenue et nous a expliqué la situation, on a élaboré un plan d'action. Véra s'est occupée de mettre Clotilde à l'abri, chez sa mère, tandis que je prévenais les gars du village, et que Magda surveillait le type et sa consommation d'alcool. C'est qu'il s'en collait dans le gosier, une telle descente, personne n'aurait pu la remonter à pied. Pendant ce temps, Irène tentait de convaincre Jeanne d'aller se réfugier dans le phare.

— Moi, précise Jeanne, j'étais pétrifiée, je n'arrivais plus à décider quoi que ce soit. Il était capable de foutre le feu à l'île pour me retrouver. Je me suis laissé emmener, mais cette partie reste floue, j'étais proche de la crise de nerfs.

Trente-cinq plus tard, alors qu'elle le raconte, je ressens encore sa détresse. Ses doigts sont si serrés sur son chandail de laine que les jointures blanchissent. Véra se redresse et continue :

— Quand Magda a fini par refuser de le servir, il s'est levé en clamant qu'il allait récupérer sa femme et son enfant. Mais un comité d'accueil, composé de Victor, Jonas et quelques autres l'attendait devant le Repaire. Ils lui ont fichu la frousse et l'ont collé dans le bateau qui repartait sur le continent, certains de s'en être débarrassés.

— C'était mal le connaître, lui et sa soif de vengeance, assure Jeanne, la voix chevrotante.

— D'après ce qu'on a réussi à reconstituer par la suite, expose Victor, il serait descendu de l'embarcation à Tienez et aurait volé une barque de pêcheur. Ensuite, il aurait ramé jusqu'à la plage sous les Oisillons. Là, il aurait entendu Irène dire à Véra qu'elle allait retrouver Jeanne. C'est la seule explication plausible, puisqu'il est arrivé au phare juste après elle.

— Souhaitait-il me ramener de force sur le continent, récupérer Clotilde, me tuer ? continue Jeanne. Cet homme était toujours parvenu à convaincre qui il voulait, par ses jolies paroles ou par les poings. Lorsque je l'ai aperçu dans la chambre du gardien, j'ai compris que ce serait lui ou moi. Et à ce moment-là, dans mon esprit, cela ne faisait pas un pli : ce serait moi. Mais ta mère a été héroïque. Elle s'est mise en travers de son chemin, m'a hurlé de grimper au sommet du phare, a réussi à le repousser et à me suivre.

Jeanne marque une pause. Je ressens avec violence les images qu'elle nous raconte. Félicie a la bouche ouverte, les doigts crispés sur ma cuisse. Victor tend un verre d'eau à sa femme, qu'elle boit à petites gorgées. Et puis, elle esquisse un rictus et reprend :

— Il est arrivé, ivre d'alcool et de rage. J'ai compris que c'était foutu. J'ai tenté de le raisonner, ai accepté de repartir avec lui… mais ça ne lui suffisait plus. Il exigeait que je m'excuse, que je le supplie, que je tombe à genoux. Il voulait se sentir puissant dans mon regard terrorisé. Irène s'est à nouveau interposée. Il l'a giflée. À cet instant, ma colère a repris le dessus. Redescendre avec lui revenait à le laisser gagner. Je serais morte à petit feu. Et je refusais qu'il pose ses mains sur ma fille. Je suis devenue hystérique. Je tapais de mes poings, de mes pieds, je griffais, je mordais...

— De mon côté, interrompt Véra, pour permettre à Jeanne de récupérer son souffle, j'assistais à la scène depuis la plage. Impuissante. Si impuissante... Jonas était parti à la nage, je savais que je n'arriverais pas à suivre la cadence. Et puis, alors que Jo grimpait enfin sur le rocher du phare, j'ai... vu la chute.

Félicie étouffe un gémissement. Des larmes roulent sur les joues de Jeanne, qu'elle essuie de son mouchoir à carreaux avant de lâcher :

— Son cri... il me hante encore. Au milieu du chaos, on n'a pas compris ce qui s'était passé. Irène a assuré que c'était elle qui l'avait poussé, mais cela pourrait tout aussi bien être moi. Je l'espère, en tout cas. Nos vies ont été transformées à tout jamais, ce jour-là. Nos vies à tous... Rapidement, il a fallu décider de ce qu'on allait faire...

— Quand on est revenus sur la plage, se rappelle Jonas, nous étions tous en état de choc. Victor, qui venait d'arriver, ne comprenait rien. Jeanne voulait absolument se rendre à la police, expliquer son geste... Avec Irène, elles se renvoyaient la balle, chacune persuadée d'être celle qui avait commis l'irréparable. Ensuite, Véra a parlé d'un plan.

— Des secrets, on en avait tous, déclare Véra. Avec Jo et Irène, on les avait même rassemblés dans un coffre, dans le phare. Cette fois, je proposais non pas un pacte d'ados qui grandissent, mais d'adultes qui découvrent que la vie ne tient à rien, et qu'on peut vite passer de l'autre côté de la rambarde, au propre comme au figuré. Il nous a fallu quelques heures pour créer notre version de l'accident, celle qui mettrait Jeanne et Irène hors de cause.

— Jonas et moi, on a emporté la dépouille du mari de Jeanne dans la barque volée et on l'a retournée en pleine mer. Trois jours plus tard, le corps a été rejeté par l'océan et trouvé par des pêcheurs. L'enquête a été bouclée rapidement. Un homme se soûle, dérobe un bateau, se noie. Fin de l'histoire. À peine un encart dans les faits divers, et la culpabilité comme un fardeau pour nous, qui avons participé à cette tragédie.

— Contre vents et secrets, murmure Véra en fixant Jonas, jamais nous n'en avions parlé à quiconque, jusqu'à aujourd'hui.

43

C'est seulement lorsque Véra me tend un mouchoir que je m'aperçois que des larmes ont envahi mon visage. Je dois fournir un effort pour le saisir. Mes muscles sont si tendus que j'ai l'impression d'avoir été anesthésiée.

— Voilà, murmure Jeanne avec douceur. Désormais, vous faites partie du secret des Oisillons.

Je cherche des mots réconfortants, pour lui assurer que si je suis bouleversée, ce n'est pas par rapport à ce qu'ils ont dû faire, mais à ce qu'elle a vécu. Je ne les trouve pas. Je me lève et l'enlace longuement. Cette femme a connu de si nombreuses et violentes tempêtes dans sa vie que c'est presque un miracle qu'elle tienne toujours debout. Et c'est encore elle qui me caresse le dos pour me consoler.

— Vous, tous à votre niveau, avez été incroyables, clame Félicie. Ça me donne la chair de poule et je ressens encore davantage d'amour pour vous. Vous vous êtes protégés, vous avez lutté ensemble, et, excuse-moi, Jeanne, mais ce type allait te tuer. C'était de la légitime défense.

— Oui, mais à l'époque, rétorque Jeanne, on ne voyait pas les choses comme ça. Encore aujourd'hui, le combat reste tellement difficile pour certaines femmes… Moi, j'ai eu cette chance immense d'être bien entourée. Et d'avoir ta maman, Charlène. Je pense que si elle n'est jamais revenue, c'est pour se préserver de tout ça. Lutter contre les souvenirs traumatisants représente une bataille quotidienne. Ils réapparaissent parfois lorsque tout va bien, au détour d'un chemin, d'une discussion. Quand on a le phare sous les yeux en permanence, c'est d'autant plus compliqué. On ne peut pas la blâmer.

— Je commence tout juste à comprendre que les apparences peuvent tromper. Je crois qu'il va falloir que j'aie une conversation avec elle.

Jeanne approuve tandis qu'un poids comprime mon cœur. Ils nous ont fait confiance, à Félicie et à moi, et en retour, je reste mutique. Encore une fois, je masque la vérité. Je garde le dernier secret. Je pourrais dire ce que j'ai appris à la lecture du carnet d'Irène, mais quelque chose m'en empêche. J'ai la conviction que je dois laisser une chance à ma mère de s'expliquer. Et cette fois, je me sens prête à parler avec elle.

Victor nous propose un thé. Il est demeuré silencieux mais s'inquiète du bien-être de chacun. Je l'ai observé, ce soir, à la lueur de mes découvertes. J'aimerais lui avouer ce que je sais. Mais ça aussi, ça viendra sûrement. Chaque chose en son temps.

Félicie et moi, éreintées par les révélations et par notre aventure au phare, ne tardons pas à rentrer nous coucher, tout en nous promettant de bientôt en rediscuter.

44

Lundi 21 mars 2022

Mes rêves ont été peuplés de course-poursuite dans le phare. Le visage d'Hervé avait remplacé celui du mari de Jeanne. Je criais depuis le sommet, un bébé dans les bras. Et puis c'est moi qui étais tombée. Une longue chute. Et le réveil.

J'ouvre les yeux et observe la lumière qui emplit la pièce, hébétée. Doucement, les derniers événements se replacent.

Malgré les révélations, une douce allégresse vient me chatouiller le cœur. Il ne le sait pas, mais j'ai un grand-père. Il est dans la lune, bourré de défauts, mais ses qualités sont celles du cœur, et ça réchauffe le mien.

Ce que je sais, en revanche, c'est que ma mère n'est pas exactement celle qu'elle laisse paraître. Le personnage austère qu'elle montre chaque jour cache un lourd passé, de la culpabilité, des rancœurs peut-être, du mal-être sûrement, et surtout beaucoup de courage. Est-ce une façon d'oublier ? Aurais-je fait pareil à sa place ?

Est-ce que cela peut excuser l'absence de marques d'amour ?

L'horloge de mon téléphone affiche 11 heures. Je n'ai jamais dormi aussi tard. Pour réparer un mauvais sommeil, se retrouver coincée sur un phare reste une option intéressante ! Je prépare ma gourde de thé et de quoi pique-niquer. Il fait froid, mais le soleil est revenu sur Broavel.

J'ouvre la porte et tombe sur Jonas, le poing en l'air, prêt à me toquer sur le nez. Il rougit, range ses poings dans ses poches, fixe le bout de ses chaussures :

— Oh pardon, je... Tu... Tu sortais ? Je peux t'accompagner ?

J'accepte timidement, referme la porte de l'Ancre bleue et me lance, avant de tourner sept fois la langue dans ma bouche et de ne plus oser :

— Jonas, je voulais te dire... je suis désolée d'avoir écouté ta conversation avec Véra.

Il balaie l'air de ses mains.

— Et moi je suis désolé de ce quiproquo. Pour tout t'avouer, je crois que j'aurais bien aimé que ce soit vrai.

— Quoi ?

— Le fait d'être ton père, ça aurait pu me plaire. J'ai passé ma vie à la laisser passer. J'ai marché à côté. D'abord par fierté, ensuite par lâcheté. Je ne saurai jamais ce que c'est, d'être père... et bon... il ne s'est rien passé avec ta mère, je voulais te le redire en privé.

— Et avec Véra ?

— Oh, Véra... On se fréquente depuis qu'on est hauts comme trois pommes, elle et moi, on a toujours été copains. La force d'une amitié acquise, tout connaître de l'autre... jusqu'à cet été-là... J'ai cru qu'elle s'éloignait de moi. Les ragots de village laissaient entendre qu'elle avait eu des soucis au lycée, son comportement ne démentait pas les rumeurs. Elle était souvent distraite, distante.

— Tu ne lui en as pas parlé ?

— Véra a toujours été explosive. Un rayon de soleil qui peut tourner à l'orage sans qu'on ait rien vu venir. Moi, j'étais engoncé dans mes sentiments naissants pour elle, tout en ayant peur de lui avouer et que ça abîme ce qu'on avait construit au fil des années. Je crevais d'envie de lui dire que ça tambourinait dans mon cœur dès que je pensais à elle, mais dès que je l'approchais, elle m'évitait. Je n'avais aucune foutue expérience dans le domaine des sentiments. C'est à ta mère que j'ai fini par demander conseil, et il semblerait, d'après les révélations de Véra, que ça m'ait desservi. Elle s'est imaginé que j'étais amoureux d'Irène, et même que le bébé qu'elle attendait était de moi... Je comprends mieux désormais ses insultes et sa colère quand j'ai enfin osé lui avouer mes sentiments.

— Vous n'en avez jamais reparlé ensuite ?

— Mon père est mort à l'automne, j'ai dû travailler pour aider ma famille. Je suis parti en novembre sur un chalutier, sans avoir revu Véra. Je devais m'en aller quelques mois, ils ont duré trente ans...

— Oh, c'est si triste ! Et tu n'as jamais fait ta vie ?

— En mer, on amasse de l'argent, et des femmes dans chaque port, mais faire sa vie avec quelqu'un est impossible. Si j'avais eu quelqu'un qui m'attendait quelque part, je serais revenu. Là... j'ai gâché ma vie.

— Mais il n'est pas trop tard, n'est-ce pas ?

— L'avenir nous le dira ! En tout cas, Charlène, je crois que si j'avais dû avoir une fille, j'aurais aimé qu'elle te ressemble. Alors, si à l'avenir, tu as besoin d'un père de substitution qui sait trouver les bonnes citations au bon moment, n'hésite pas !

Je ris, touchée par sa déclaration, et ose poser la question qui me brûle les lèvres :

— D'ailleurs, d'où elles te viennent, toutes ces phrases que tu récites ? Des longues heures de solitude dans le chalutier ?

Il ouvre la bouche, la referme, puis m'offre un clin d'œil complice :

— Je te fais confiance, mais tu me promets de ne pas le répéter, d'accord ?

— Contre vents et secrets, dis-je, la main sur le cœur.

— Au début, je lisais des extraits de romans, mais depuis quelques années, je prends des captures d'écran des panneaux Facebook. Je me fais moins chier.

— T'es sérieux ?

— Peut-être bien que oui, peut-être bien que non !

J'explose de rire.

Jonas part s'occuper de sa banane géante, et je m'installe entre les rochers pour me mettre à l'abri des rafales. Je m'assois pile en face du phare. Tout ce que j'ai appris depuis la veille me revient par bribes. Un frisson me parcourt. Je ne suis pas sûre que j'aurais eu le courage de ma mère. Cette tragédie me permet de l'envisager différemment. À un moment, dans sa vie, elle a su s'intéresser aux autres avant de ne penser qu'à elle. Elle n'a écouté que son cœur et s'est battue pour Jeanne. Elle a peut-être eu peur, mais elle a avancé, sans avoir à sortir la carte bleue de mon père. J'admire la femme qu'elle a été à cet instant, même si cette personne a disparu et ne ressemble en rien à la mère que je connais.

Perdue dans mes réflexions, je sursaute lorsqu'une main se pose sur mon épaule.

— Oh, *sorry* Cha, je ne voulais pas t'effrayer !

— Non, ça va, t'inquiète. J'étais partie ailleurs !

— Les révélations d'hier t'ont remuée ?

— Un peu, je dois bien l'avouer. Toi aussi ?

— On peut dire que je n'ai pas passé la meilleure nuit de ma *life*. Tu fais quoi ? Tu dessines ?

— Pas encore. J'analyse les vagues, leur façon de se transformer en poussière de gouttelettes, de s'échouer sur la plage... Elles me fascinent.

— Tu ne les approches pas ?

— Comment ça ?

— Bah... la meilleure façon de les étudier, c'est de jouer avec elles.

— Douée comme je suis, je risque surtout de me retrouver les fesses dans le sable et trempée !

— Et c'est ça qui est drôle. En restant à distance, tu peux les observer, mais tu ne ressens pas la peur, l'excitation... au pire, elles te mouillent, et alors quoi ? Ce n'est pas bien grave !

Je me souviens du jour où je suis arrivée. De cette peur irrationnelle d'être aspergée.

— C'est l'allégorie de ma vie. Je ne m'approche pas trop, de peur de me faire arroser. Mais du coup, je ne me mouille jamais, au sens propre comme au figuré. Je ne vis pas non plus de grandes émotions. C'est trop douloureux quand les rêves se fracassent contre les rochers de la vie.

— Jonas te dirait : « Sois un goéland. »

— Une histoire de cul à gratter ?

— Si tu veux, mais je songeais à un truc plus imagé, du genre : plane, sois libre, amuse-toi avec les éléments.

Je repense à l'oiseau que j'ai vu hier, depuis le sommet du phare.

— Tu as raison.

— Toujours, tu n'avais pas encore remarqué ? Allez, viens, m'invite-t-elle en me tendant la main, je vais t'apprendre à jouer à « Un, deux, trois, soleil » avec les vagues.

J'accepte sa main tendue.

Une demi-heure plus tard, le bas de nos jeans est trempé, et un sourire accroché sur nos visages. J'ai été au cœur de l'action. Nous avons affronté les remous, couru, sauté, ri. Nous avons gagné et perdu, mais nous avons kiffé.

Nous reprenons notre souffle en savourant le clapotis de l'océan avec nos yeux, nos oreilles et notre cœur.

C'est bon de partager un moment simple avec quelqu'un qu'on apprécie.

J'ai envie de conserver une image du paysage à ce moment précis, pour mieux ressentir les émotions de cet instant quand j'observerai ce cliché.

J'imagine la légende que, encore une fois, je garderai pour moi.

« C'est ici que je me suis fait une amie. »

Je sors mon téléphone de mon sac.

L'écran se met à clignoter. J'ai reçu deux messages.

Le premier sur la liste est d'Hervé.

Certainement encore une note informative pour organiser notre désamour.

Le second a été écrit par Jeanne :

« Viens vite aux Oisillons. »

45

Un sombre pressentiment m'assaille. Je me lève d'un bond et attrape mes affaires à la va-vite. Félicie récupère mon sac pendant que je lui lis le message reçu. Les suppositions s'enchaînent dans nos esprits.

Je déboule aux Oisillons dans un état second, Félicie sur mes talons. Dans la cuisine, tout est semblable à la dernière fois que je suis passée.

Tout, sauf cet anachronisme qui brouille mon paysage. À la place que j'occupe actuellement sur le banc, il y a ma mère.

Selon les théories littéraires de Véra, si ma mère était un livre, elle serait *Le guide des convenances de 1931*, qu'elle conservait dans la bibliothèque du salon jusqu'à ce qu'il atterrisse, avec les autres, dans ma chambre-débarras. C'est ma grand-mère paternelle qui le lui avait offert. Elle l'a suivi à la lettre. La vie est pour elle une succession de bonnes manières qui fournissent un cadre infranchissable. Personne, pas même mon père, ne sait à quoi elle ressemble sans fard à paupières ou les cheveux lâchés. Elle se lève à l'aube et passe de longues minutes à devenir Irène Carlier, celle qui se maîtrise en toutes circonstances. Elle reste digne, ne dit jamais un mot plus haut que l'autre et n'a jamais supporté les pleurnicheries. Peut-être parce qu'elle serait incapable de consoler.

Pourtant, ce matin, Irène Carlier n'est pas tirée à quatre épingles. Elle donne l'impression qu'on a enlevé le cintre de son costume. Elle a perdu dix centimètres et sa coiffure est chiffonnée.

Ma mère se tient droite, toutefois elle paraît avachie. Elle me fait penser à un tuteur qui lutte contre un vent violent, ou à ces petites fleurs violettes qui poussent entre les rochers, insensibles aux tempêtes et aux vagues. Je ferme la fenêtre, histoire qu'elle ne s'envole pas. Même si je préférerais, peut-être. Je n'ai aucune idée de la raison qui l'a conduite ici, et je ne suis pas très sûre d'avoir envie de la connaître. J'avais besoin de me préparer à cette entrevue. Elle me coupe l'herbe sous le pied.

J'examine la cuisine pendant qu'elle rassemble ses esprits. J'essaie de tout imprimer dans mon cerveau afin de vérifier que rien n'aura changé, une fois qu'elle aura parlé.

— Charlène, assieds-toi, s'il te plaît.

Je voudrais réussir à lui dire non. J'aimerais lâcher un « je sais tout » pour qu'elle déballe son sac. Mais son air flétri m'en empêche.

Félicie, qui était restée debout dans un coin de la cuisine, me caresse le dos et me chuchote à l'oreille qu'elle va retourner chez elle. J'acquiesce du bout des lèvres, les yeux rivés sur le mur.

Ma mère attend toujours que je m'assoie, alors je me laisse tomber sur le banc, face à elle. J'ai beau être majeure depuis longtemps, j'ai beau avoir avancé ces derniers jours, je n'ai pas encore totalement réussi à me défaire de ce besoin viscéral de lui plaire. Ma psy pourrait s'offrir une villa sur la Côte d'Azur si je lui parlais de ma relation avec ma mère. Enfin, si j'avais une psy.

— Je ne comprends pas pourquoi tu as eu envie de venir ni ce que tu espérais trouver, lâche-t-elle, mais quoi que tu aies appris, je voulais que tu l'entendes de ma bouche : les apparences sont parfois trompeuses.

— Ça, merci, je l'ai découvert moi-même ! Comment as-tu su que j'étais aux Oisillons ?

Ma mère remue sur son siège, se tient la tête à deux mains, réclame un verre d'eau.

Je crains d'abord de ne pas pouvoir bouger, mais mes membres sont plus réactifs que mon cerveau. Ils se lèvent et me font courir jusqu'à l'évier. Mes mains attrapent l'eau qui coule du robinet et me l'envoient sur le visage.

Ce n'est tellement pas elle, cette personne qui se trouve face à moi, que j'ai du mal à concevoir la situation. La femme qui se tient dans cette cuisine n'est pas ma mère. C'est une mise en scène, comme la jaquette de mon agenda de collégienne : « Ceci n'est pas un agenda », largement inspiré du « Ceci n'est pas une pipe » de Magritte.

Je lui apporte un verre, l'observe boire d'un trait sans même se soucier du filet qui dégouline le long de son menton. Elle a le regard perdu, comme si ses souvenirs créaient une faille spatio-temporelle entre deux mondes auxquels elle a appartenu. Elle repose son verre brutalement sur la table en bois. Il n'y a même pas de sous-verre, ça risque de laisser une trace, mais je pense qu'il serait malvenu de l'enlever tout de suite, alors je reporte mon attention sur la bouche de ma mère, qui attendait apparemment le feu vert.

— J'ai eu des doutes quand tu m'as annoncé ton départ. Et vu que tu ne donnais pas de nouvelles, hier, je suis entrée dans ta chambre. Tu m'avais dit écrire un guide, mais ton ordinateur était pourtant posé sur le lit... Je l'ai ouvert, et je suis tombée sur ton forum. J'ai reconnu Broavel.

— Tu as lu les posts sur mon forum ?

— Je m'inquiétais pour toi, se justifie-t-elle.

Ce matin encore, et même jusqu'à ce que j'entre dans cette cuisine, je trouvais des excuses à ma mère. Mais la voir ici, l'entendre m'avouer, sans l'once d'un remords, qu'elle a fouillé dans mes discussions privées pour me retrouver alors qu'elle aurait simplement pu me téléphoner, ça me provoque une sorte d'ébullition dans l'estomac. Sur un ton sec, je siffle :

— Tu t'inquiétais pour moi, ou pour toi ? Et maintenant que tu es là, tu vas peut-être pouvoir m'expliquer en quoi les apparences sont trompeuses ? Pourquoi tu m'as caché tout ça ? Seulement à moi, ou à papa aussi ? Et d'ailleurs, en parlant de lui, est-il vraiment mon père, ou dois-je m'attendre à de nouvelles révélations ?

Je ne me reconnais pas. C'est comme si je planais au-dessus de moi et que je me regardais m'agiter. Une sourde colère gronde dans mon ventre.

— C'est mon passé, se défend ma mère. Pas le tien, ou celui de ton père. J'ai pris des décisions, j'en ai regretté certaines, mais j'ai toujours assumé. Cela n'avait rien à voir avec toi.

Je me lève, le temps de récupérer mon calme. Je ne veux pas m'énerver, parce que je sais que je risque de me mettre à pleurer et qu'à partir de là, je ne parviendrai plus à prononcer la moindre parole. J'inspire longuement, me rassois, et la fixe droit dans les yeux :

— Pas à partir du moment où ce passé interfère dans mon présent.

Elle ouvre la bouche, mais je lève la main pour l'interrompre.

— Tu connais l'étymologie du mot secret ? Il vient du latin *secretus*, qui signifie la mise à part. Toute ma vie, j'ai eu l'impression de rester sur le bas-côté quand les autres avançaient à toute vitesse sur l'autoroute. Toute ma vie, je me suis sentie différente. À part. Depuis que je suis ici, alors même que je ne pense pas tout connaître de tes petits mystères, je me découvre. J'apprends à me connaître. Je m'apprivoise. Tu m'as laissé entendre qu'Hervé m'avait quittée parce que je ne m'occupais pas assez de mon apparence. Mais tu sais pourquoi il est parti, maman ? Parce que je ne prenais pas assez soin de celle que je suis à l'intérieur. Et c'est de ta faute. Comment quelqu'un pourrait-il m'aimer alors que je ne m'aime pas ? Et comment m'aimer si je ne sais pas qui je suis ?

— Charlène...

Ce n'est pas mon prénom qui sort de sa bouche, c'est une plainte de louve. C'est un cri de détresse, sûrement une excuse calfeutrée sous trente-cinq ans de mensonges. Je dresse mon index :

— Alors maintenant, j'exige la vérité. Qui est mon père ?

Ma mère se redresse, et je la retrouve un peu. Sourire pincé, torse bombé, elle n'est plus dans l'aveu. J'admire sa façon de reprendre le contrôle.

— Aucun secret ne concerne ton père. Je l'ai rencontré avant mon séjour à Broavel. Nous avons été inconscients. Quand j'ai découvert que j'étais enceinte, il a assumé. Il nous a offert la stabilité. Je ne voulais pas que tu grandisses sans père comme moi, est-ce que c'est mal ?

Je n'arrive même pas à définir si je suis soulagée d'apprendre qu'elle n'a pas menti sur ce point, ou triste de ne pas avoir un autre géniteur. Mais, quoi qu'il en soit, elle m'a volé la possibilité de connaître une partie de mes fondations. Je crache :

— Et pourquoi ne m'avoir jamais dit que Victor était ton père ?

Ma mère se tétanise, ses yeux s'embuent.

Elle n'a pas le temps de me répondre. Un bruit sourd résonne de l'autre côté de la cloison, dans le salon. Il est suivi d'un hurlement de Jeanne qui me glace le sang. Je cours jusqu'à la porte et la découvre agenouillée devant Victor, allongé sur le parquet. Inerte.

Félicie, qui n'était donc pas vraiment rentrée chez elle, se précipite dans le couloir en criant qu'il faut appeler les secours.

46

27 août 1986

Cet été ne ressemblait en rien à ce qu'Irène avait imaginé.

Elle était venue avec un seul objectif en tête : avouer à Victor qui elle était, et qui il était pour elle. Elle voulait qu'il lui fournisse des explications. Pourquoi était-il parti ? Avait-il seulement conscience de l'état dans lequel il avait laissé sa mère ?

Quand elle pensait à lui, avant de le connaître, elle avait en tête l'image du sale type qui avait abandonné sa mère, et à cause de qui elle avait raté sa vie au lieu de la vivre pleinement. Mais rien n'était tout noir ou tout blanc. Et Broavel avait mis des couleurs dans son cœur. Elle y avait rencontré l'amitié, le sentiment d'appartenance à une famille, même sans lien du sang.

Elle y avait connu la légèreté.

Elle y avait découvert que chacun possède ses failles et ses secrets, mais que ça n'obligeait pas à demeurer statique.

À de nombreuses reprises, elle avait pris son courage à deux mains et avait décidé de se livrer. Elle avait maintes fois répété son discours en regardant les étoiles depuis la plage. Mais à chaque fois, elle s'était ravisée ou avait été interrompue avant même de commencer. Elle avait écrit autant de lettres qu'elle en avait déchirées.

Un soir, elle s'était armée de courage. Mais en arrivant aux Oisillons, elle avait entendu Victor proposer à Jeanne de reconnaître Clotilde comme étant sa fille.

Irène en avait été complètement retournée. Pas de jalousie ou de rancœur, mais parce qu'elle ne pouvait pas se mettre en travers de leur bonheur. Et débouler dans la cuisine en criant « Tu as déjà une fille » aurait créé un déséquilibre.

Quelques jours plus tard, après un vertige, elle avait consulté Jeanne au dispensaire. Aux questions de l'infirmière, elle s'était rendu compte qu'effectivement, elle présentait tous les symptômes d'une grossesse. À présent, c'était elle qui allait être mère. Enceinte à dix-sept ans, alors même qu'elle n'avait rencontré le père de ce bébé que quelques semaines auparavant. Son monde s'écroula.

Elle refusait d'élever un enfant sans quelqu'un pour la soutenir. Elle avait besoin de rentrer et d'avoir une discussion avec Richard. Il était plus âgé, vivait dans son propre appartement, suivait des études de médecine. Elle le convaincrait de prendre ses responsabilités, de ne pas la laisser tomber. C'était vital. Seule, elle ne pourrait pas s'occuper d'elle-même, de ce bébé et de sa mère à la fois. Elle devait aller de l'avant, ne plus chercher à raviver le passé. C'était le mieux à faire. Pour elle.

Pour tous. S'effacer de Broavel et se récréer ailleurs. Garder son secret au fond de son cœur.

Elle allait vivre sa vie, se mettre à l'abri du besoin. Elle reviendrait à Broavel pour rétablir la vérité quand elle se sentirait prête.

47

Sur le petit banc de pierre appuyé contre le muret du cimetière, Félicie et moi assistons en silence à la chorégraphie des goélands dans le ciel. D'une main distraite, je flatte l'encolure de Robinson, qui m'exhorte, par ses ronronnements réguliers, à continuer. Ce chien a dû être chat dans une vie antérieure, et il en garde des séquelles.

— C'est quand même la classe, un cimetière avec vue sur l'océan, remarque Félicie en me sortant de ma torpeur.

— Tu crois vraiment qu'on y prête attention, une fois qu'on est mort ?

— Peut-être pas, mais je trouve que pour les visiteurs, c'est plus agréable. Ce point de vue est ressourçant. Moi, il m'inspire en tout cas. Ça va mieux, toi ?

Je lui fais signe que oui. Oui, je me sens plus sereine, même si j'attends que le coup de fil de Jeanne me rassérène totalement.

J'ai eu très peur lorsque Victor a fait son malaise. Mon rythme cardiaque n'a repris une cadence régulière que lorsque l'hélicoptère des secours est arrivé. Mes doigts ne se sont décroisés que lorsqu'ils ont affirmé qu'il n'avait pas fait de crise cardiaque, mais une lipothymie, certainement causée par le choc émotionnel. Pour la culpabilité, j'attends encore qu'elle me quitte, mais elle fait du zèle.

J'ai vraiment cru qu'en dévoilant le secret d'Irène, j'avais tué mon grand-père.

Jeanne, fidèle à elle-même, est restée zen et a presque réussi à nous rassurer avant le médecin des urgences. Le seul moment où je l'ai vue vaciller, c'est quand elle a dû grimper dans l'hélicoptère. Elle ne faisait pas la fière.

Moi non plus, depuis qu'ils se sont envolés.

Quand l'hélicoptère n'a plus été qu'un point dans le ciel, Félicie et moi nous sommes assises sur ce banc devant l'église pour souffler et nous remettre de nos émotions.

Ma mère est retournée aux Oisillons sans rien dire. Je n'ai pas cherché à la retenir. J'imagine que même pour elle, ça faisait beaucoup de secousses à digérer.

— Je vais rassurer tout le monde au Repaire avant que les commérages ne prennent trop d'ampleur, m'annonce Félicie. Et toi ? Je peux te laisser seule, tu ne vas pas faire une crise d'angoisse ou un truc du genre ?

— Moi ? Penses-tu ! J'ai un programme de folie. Je compte me rouler en boule sous la couette et avaler trois plaquettes de chocolat...

— Tu n'as pas une meilleure idée ?

Si. Mais je n'en ai pas très envie.

— Je vais terminer la discussion avec ma mère ?

— Ah, ça c'est la nouvelle Cha ! Je suis avec toi par la pensée. Tu es forte, meuf. Tu peux le faire.

Je l'étreins doucement et prends le chemin des Oisillons.

Le domaine est désert.

Je descends sur la plage et trouve ma mère face au phare. Je l'observe en me faisant la réflexion que ce paysage l'adoucit. Elle n'est pas tout à fait la même, assise sur ce rocher. Elle perd de son austérité.

J'ouvre mon sac à dos, lui tends son carnet :

— Tu as lu mes posts sur mon forum, et moi ton carnet. On peut dire qu'on est à égalité… Je n'ai lu que les premières pages et ensuite j'ai arrêté. Si tu as d'autres secrets, ce serait mieux si tu pouvais me les confier.

Elle lâche un profond soupir.

— Charlène, je suis… Je n'ai jamais pensé que toute cette histoire puisse te faire souffrir ou te faire te sentir à part. Pour moi, ce qu'on ne sait pas ne peut pas nuire…

Je m'assois à côté d'elle. Nous gardons chacune le phare en ligne de mire, et je pense à cette citation que Jonas pourrait tout à fait sortir : « Aimer, ce n'est pas se regarder l'un l'autre, c'est regarder ensemble dans la même direction. » Ce qu'on a rarement fait, elle et moi.

— C'est pourtant ce qui s'est passé. Et pas seulement à cause de ce secret, je crois. Mais parce que j'ai toujours eu ce sentiment que tu regrettais de m'avoir eue, moi, cette perpétuelle source de déceptions.

Ma mère semble prendre ma remarque en considération, et c'est déjà un événement.

— Je n'ai aucune excuse pour t'avoir fait ressentir cela. Mais je n'ai pas eu une vie facile non plus. L'année de mes dix-sept ans, je suis tombée enceinte, j'ai rencontré mon géniteur sans oser lui avouer, j'ai fait quelque chose dont je ne suis pas fière, perdu ma mère et me suis mariée à quelqu'un que je connaissais à peine… Ensuite, je suis devenue responsable d'un bébé. Sans figure maternelle, sans savoir comment t'élever. J'ai dû me créer un personnage et l'incarner. J'ai… C'est difficile d'être mère.

— C'est difficile d'être fille, aussi.

— Je sais, crois-moi. Je n'ai jamais évoqué ta grand-mère, n'est-ce pas ?

— Tu ne m'as jamais vraiment parlé tout court.

Elle accepte la pique sans broncher.

— C'est vrai aussi.

— Je veux bien que tu me racontes.

Les paupières closes, elle caresse du bout des doigts son carnet. Sur la couverture, une jeune femme au chapeau de paille et au pantalon pattes d'eph' arrose des fleurs. Je me focalise sur le dessin pendant que ma mère se met à parler :

— Ta grand-mère… je crois qu'elle portait en elle une forme de dépression. Elle n'a jamais connu que le très haut ou le très bas. Elle alternait les périodes d'extrême joie et de profond abattement. Pour elle, la vie devait être comme au cinéma. Tout ce qui n'y ressemblait pas ne méritait pas d'être vécu. J'ai longtemps considéré que si Victor ne l'avait pas quittée, nous aurions eu une belle vie. Mais en réalité, lui ou un autre, ç'aurait été pareil. Elle avait besoin qu'on l'entoure, constamment. Qu'on la soutienne, qu'on la flatte, qu'on la trouve jolie, qu'on lui fasse à manger… Je suis venue pour elle. J'avais promis de tout essayer pour lui ramener son grand amour, en tout cas pour le prévenir de ce qu'il loupait à ne pas vivre avec elle. C'était utopique, je l'ai vite compris. Et surtout, sans moi pour m'occuper d'elle, elle s'est laissée dépérir totalement. Quand je suis rentrée de Broavel, elle avait été hospitalisée. Dénutrition, forte alcoolisation… elle a dû être internée. Elle aurait dû l'être bien avant. Elle est décédée quelques semaines plus tard. Sur son lit de mort, je lui ai menti. Je lui ai promis que Victor arrivait. Elle s'est éteinte avec le sourire… Voilà pourquoi je ne suis jamais revenue. J'avais failli à ma mission, et en venant ici, j'avais gâché les derniers moments avec elle. Culpabilité, honte, regrets, colère… ce n'étaient pas les meilleures émotions pour accueillir un enfant.

— Je ne savais pas tout ça.

—C'est normal. Quand je me suis mariée avec ton père, j'ai décidé de faire table rase du passé. De repartir à zéro. J'ai enfoui tous mes secrets, tous mes soucis, toutes mes failles, pour devenir irréprochable et ne jamais ressembler à ma mère. Et pourtant, j'ai échoué, je le sais. Je l'ai toujours su. Je n'ai jamais réussi à être une bonne mère, Charlène. J'aurais aimé mieux faire, mais je n'ai pas su.

Sa confession me touche autant qu'elle me blesse. Pour éviter de ressembler à sa mère, elle s'est enfermée dans un personnage et n'a pas mieux réussi, puisqu'à mon tour je refuse d'être comme elle.

— Je ne sais pas si j'aurais été une bonne mère non plus.

Un pâle sourire étire ses lèvres :

— Je sais. J'ai lu tes angoisses, sur ce forum. Ça m'a fait mal que tu puisses penser tout ça de toi... Mais je suis sûre que tu seras une meilleure mère que moi.

Elle émet un rire rauque, et murmure :

— Ce ne sera pas difficile...

— Je crois que ça va être compliqué au contraire... je te rappelle que bientôt, je serai officiellement divorcée !

— Si Hervé te voyait aujourd'hui, je suis sûre qu'il s'en mordrait les doigts, assure-t-elle en retrouvant un peu de sa superbe, et en redevenant presque celle que je connais.

— Alors heureusement qu'il ne me voit pas. Je me suis rendu compte que les épreuves traversées nous avaient trop abîmés. Nous n'avons pas navigué dans la même direction. Enfin... il a tracé sa route et moi j'ai fait naufrage. En me quittant, c'est à moi qu'il a fait un cadeau. Celui de me réconcilier avec moi-même.

Elle prend le temps de m'observer :

— Tu es devenue une vraie femme, Charlène.

Je ris pour cacher mon trouble :

— Ça fait quelques années, oui.

Elle remue la tête :

— Non, depuis que tu es ici. Tu as l'air plus sûre de toi, moins effrayée. Broavel t'a fait du bien.

— Savoir d'où je viens m'a fait du bien. Je me sens... plus légère. Comme si je pouvais avancer sur mes deux pieds... C'est difficile à expliquer, mais j'ai des racines.

— Je n'imaginais pas que ce secret pouvait avoir un tel impact.

— Sans doute parce que je ressentais intérieurement que tu cachais quelque chose... Les autres m'ont appris, pour ce qui s'est passé au sommet du phare, avec le mari de Jeanne. Papa est au courant ?

Elle tremble, s'évente avec son carnet. Ses lèvres tressaillent. Un silence plane, et j'ai l'impression qu'elle ne va pas me répondre, dévier la conversation, quand elle murmure :

— Pas pour l'accident. J'ai toujours eu trop peur de sa réaction pour le lui confier. J'ai préféré effacer complètement cet épisode de ma vie. Pour Victor, il sait. Mais ton père... du moment que ça n'altère pas son quotidien, ça n'a pas d'importance.

— Pour moi, oui. Et je voulais te dire... je suis fière de ce que tu as fait pour Jeanne. Tu as été courageuse.

Ma mère étouffe un sanglot. Elle ne me prend pas dans ses bras. Je crois qu'il est trop tard pour tout ça. Peut-être n'en a-t-elle jamais été capable. Nous n'avons vraisemblablement pas le mode d'emploi. Avec le temps, ça viendra, ou pas. Mais je me sens apaisée, fière d'avoir réussi à exprimer ce que j'avais sur le cœur.

— Je crois que tu as des explications à fournir à pas mal de monde, j'ajoute.

Ses doigts s'agrippent au carnet.

— Je crois aussi, oui.

— Tu viendrais à l'hôpital avec moi, demain ? Pour voir Victor ?

— Avec plaisir.

48

Mardi 22 mars 2022

Je monte sur le *Kuzheol* sans bagage. Comme si je vivais à Broavel et que je n'étais que de passage sur le continent. C'est un détail, mais il me procure un sentiment de bien-être que je m'empresse de dessiner dans mon carnet, assise sur un banc à l'avant du pont supérieur. Lorsque je finis mon croquis, ma mère se penche au-dessus de moi. Elle a passé le début du voyage silencieuse, à observer la traîne cotonneuse des vagues sur l'océan.

— C'est joli, dit-elle.

Je note l'effort.

— Merci.

Mon dessin représente un grand mouchoir qui plane comme un goéland au-dessus d'un phare construit sur un rocher.

— Je pensais que tu avais arrêté de dessiner.

Mes lèvres se pincent, mes poings se serrent. Je m'apprête à mettre mon mouchoir par-dessus ses mots, et je me ravise :

— J'ai effectivement arrêté. Après que papa et toi m'avez dit que je n'avais pas assez de talent pour me lancer dans cette carrière. Mais j'ai repris.

Elle lève les yeux au ciel.

— On n'a jamais dit ça.

— Vous n'avez peut-être pas utilisé exactement ces termes, mais c'est la façon dont je l'ai interprété.

Elle se tait. Je reprends :

— Et ce n'est pas parce que je me sens *toujours* persécutée, comme tu as tendance à le penser. Jeanne affirme que je suis hypersensible, que les émotions affleurent en moi comme les vagues qui s'écrasent sur la falaise. Même si elles ne veulent pas me faire de mal, elles me mouillent, m'érodent, me cisèlent. Je les prends en plein cœur, elles me submergent.

— Je sais. Et c'est une des raisons qui nous a poussés à te protéger, tu as toujours été extrêmement sensible. L'échec aurait pu te briser.

— Est-ce que les rochers se brisent sous l'assaut des vagues ? Ils se modifient, mais ils ne plient pas. Se confronter aux vagues, c'est risquer d'être mouillé, mais c'est aussi se rendre compte qu'on peut sécher, et repartir de plus belle.

— Tu parles comme Jonas.

— Je vais décider de prendre ça comme un compliment.

Il n'est pas mon géniteur, mais finalement, j'accepterais volontiers qu'il incarne mon père spirituel.

— Je crois, me confie ma mère après quelques minutes de silence, que tu ressembles bien plus à Victor qu'à moi. Tu as toujours été dotée d'une sensibilité et d'un cheminement de pensées déstabilisants. Et, tu vas sûrement mal réagir, mais je persiste à dire que tu interprètes les choses à ta manière et que tu prends tout bien trop à cœur.

Je lâche un soupir. Habituellement, ce genre de phrase m'atteindrait en pleine âme. Cette fois, à la grande surprise de ma mère, je suis plus mesurée :

— Tu n'as pas tort. J'ai encore pas mal de travail à faire sur moi pour accepter que je suis ainsi, mais c'est en bonne voie. La réconciliation est enclenchée.

À notre arrivée dans le couloir de l'hôpital, Jeanne, emmitouflée dans son châle gris, nous rejoint à petits pas pressés, un sourire flottant sur le visage.

— Ah, vous voilà enfin !

— Comment va-t-il ?

— À votre avis, pourquoi suis-je si contente de vous voir débarquer ? Il s'emmerde. Il fait le joli cœur devant les infirmières, et le reste du temps, il tourne dans son lit comme un lion en cage en assurant qu'il doit retourner s'occuper de sa serre. La bonne nouvelle, c'est qu'on a pu profiter du fait qu'il ne pouvait pas s'échapper pour dresser une liste des choses qui permettraient de gagner un peu d'argent pour les Oisillons. Évidemment, il râle. Il dit que je l'ai piégé.

Ma mère nous interrompt :

— Jeanne, est-ce que tu penses que je peux aller le voir ?

— Bien sûr. Il t'attend.

Ma mère n'en mène pas large. Je lui offre un rictus mi-sourire, mi-grimace en guise de soutien puis me tourne vers Jeanne :

— Je suis désolée, de ne pas vous avoir tout dit...

— Ne le sois pas, ma douce. Tu n'avais pas à assumer les erreurs des autres. C'est oublié, d'accord ?

Elle se serre contre moi puis s'éloigne pour sortir son mouchoir à carreaux qu'elle agite dans le couloir.

— Bon, quelles sont ces idées pour sauver les Oisillons ? Explique-moi tout, j'en ai noté aussi quelques-unes.

Elle me sourit furtivement :

— Oui, plus tard. T'as pas plutôt envie d'écouter en douce ce qu'ils sont en train de se dire ?

J'étouffe un rire et nous nous approchons de la porte, que ma mère a eu la gentillesse – ou la bêtise – de laisser entrouverte.

— Oh là là, je te jure que c'est pas beau de vieillir, s'agace Jeanne, j'entends rien !

Elle lève vers moi un regard implorant. Je murmure :

— Pour une femme qui se targue de ne pas aimer les commérages...

— C'est pas pareil, là. Traduis-moi !

Au départ, je n'ai pas grand-chose à retranscrire. Les phrases sont hésitantes. Ma mère cherche ses mots, les perd à maintes reprises. Finalement, encouragée par Victor, elle parvient à lâcher prise.

Elle déclare qu'elle regrette, qu'elle a souvent regretté, mais qu'elle ne voulait pas entraver le bonheur de Jeanne. Elle a au moins pu se rendre compte que son père était quelqu'un de bien. À la mort de sa mère, il y a d'abord eu cette phase où elle a été en colère. Ensuite, elle a culpabilisé : peut-être que si elle était restée, elle aurait pu la sauver. Finalement, elle a eu envie d'enterrer le passé définitivement. Son mari avait promis qu'il ne l'abandonnerait pas, elle s'est sentie redevable, en quelque sorte. Elle n'a pas pensé à moi et aux conséquences que cela pouvait engendrer.

Elle se met ensuite à sangloter doucement.

Victor, quant à lui, dit bien se souvenir de ma grand-mère. Une femme adorable, qu'il a beaucoup aimée, mais pas suffisamment pour imaginer un avenir commun. Alors un bébé ? Il n'a rien su de cette grossesse. Il ne s'en est pas douté, jamais, et c'est difficile à accepter. La vie n'aurait pas été la même s'il avait été au courant, mais les événements s'enchaînent sûrement comme ils doivent le faire. Il assure qu'il est solide, et qu'il sera là encore quelques années, non pas pour rattraper le passé qui n'est plus, mais pour créer un présent autrement, si Irène le veut.

Je traduis les voix qui chevrotent, les paroles qui n'ont pas besoin de phrases, les larmes silencieuses.

Jeanne renifle et moi je sanglote.

Je repense à l'image de Félicie sur la question de perspective.

La vie est un océan. On peut barboter tranquillement ou plonger pour explorer les fonds marins. Parfois, on nage à contre-courant, à d'autres moments on se contente de rester en planche à attendre que la houle nous ramène sur la plage. De temps en temps, on part à la dérive, on coule ou on remonte à la surface. On agit en fonction des vagues selon qu'elles sont calmes ou déchaînées. Et quand une main amie se tend depuis une barque, on peut l'accepter pour souffler un peu ou la refuser.

Ma mère ressort de la chambre avec les yeux rouges et le sourire aux lèvres, et je la trouve belle. Presque transformée. Elle a accepté de monter dans la barque.

Jeanne me pousse dans le dos et je pénètre à mon tour dans la chambre, les mains moites.

— Salut, la citadine !

L'émotion s'étend dans ma gorge, pique mes yeux, comprime mon cœur. Un océan se déchaîne à l'intérieur de moi. Je murmure un salut du bout des lèvres. J'ai peur de ne pas savoir quoi dire, ou de jacasser bêtement pour cacher mon trouble. Peur qu'il rejette cette petite-fille déjà adulte maintenant que je fais partie de sa famille.

— Alors comme ça, j'ai une petite-fille qui écrit des livres.

— J'ai un peu menti, je réponds, penaude. Je suis surtout venue pour mettre à jour les secrets.

— Non, tu n'as pas menti. Tu as juste défié le temps et pris de l'avance. C'est le genre de choses qui ne m'arrive pas souvent, à moi. Et ton histoire, notre histoire, est le point de départ de quelque chose. Que tu la dessines, que tu l'écrives ou que tu décides simplement de la vivre.

Mes yeux s'embuent et je serre sa main dans la mienne. Il se redresse et referme ses bras autour de moi.

— On en a, des apprentissages à rattraper, toi et moi. Va falloir que je te fasse découvrir deux-trois astuces en jardinage. T'as déjà observé les canards souchets ?

Je ris à travers mes larmes. Je me sens heureuse. Libre. À ma place.

49

Jeudi 24 mars 2022

— Cha ! Magne-toi !

— J'arrive !

Dans ma maisonnette à la porte bleue, je mets la dernière touche à mon illustration.

Félicie entre en trombe dans mon minuscule salon :

— Sérieux, *bro*, tu fais quoi ?

— Un cadeau pour Victor, pour fêter son retour. Qu'est-ce que tu en penses ? J'ai dessiné sur une page arrachée dans mon carnet. J'aurais voulu peindre un tableau, mais pour trouver du matériel à Broavel, faut pas être pressé !

Félicie écarquille les yeux.

— Meuf, c'est magnifique. Il va *starkiffer*. C'est lui, là ?

— Oui, devant le phare, avec une plage transformée en potager.

— Tu es vraiment douée, Charlène. N'en doute jamais. Bon, pas trop angoissée ?

J'essaie de ne pas penser au parpaing qui a pris la place de mon estomac.

— Ça peut aller. J'espère surtout que personne ne va me scruter comme une bête de foire.

Victor doit rentrer au bercail aujourd'hui, et les habitants de Broavel ont décidé de faire auberge pour l'occasion. Ensuite, on a prévu de le coincer avec Jonas, Véra, Jeanne et Félicie, afin de reparler de cette liste pour améliorer la situation financière des Oisillons.

Dans la descente qui mène au village, j'interroge Félicie :

— Comment ça avance, les messages lanigères ?

— Du tonnerre, s'enchante-t-elle. Hier, j'ai définitivement clos mon compte Instagram d'influenceuse, en y laissant un lien vers celui des moutons. J'ai atteint les trente mille *followers* sur Insta et dépassé les deux cent mille vues sur ma première vidéo. Une journaliste m'a contactée. Ma vidéo va passer à une heure de grande audience, ça devrait booster les vues. Je n'ai plus qu'à finir le montage de ma prochaine vidéo.

— C'est génial, Félicie !

— Oh et puis, j'ai réfléchi à mon avenir. Je vais revendre mon appart à Paris. J'aimerais utiliser l'argent pour proposer à Victor de racheter la maisonnette que j'occupe. Bien sûr, ils pourront la louer quand je ne serai pas là. J'ai envie de voyager, d'aller filmer d'autres moutons ailleurs... mais j'aimerais pouvoir revenir ici quand j'ai besoin de reprendre de l'énergie.

— C'est une idée merveilleuse. Je me demande si je ne pourrais pas t'imiter, une fois le divorce prononcé... Louer un studio en ville, et acheter l'Ancre bleue... Tu comptes partir bientôt ?

— Non, je me laisse entre six mois et un an pour préparer mon *road trip*, le temps de trouver des sponsors, ce genre de choses… Tu ne vas pas te débarrasser de moi tout de suite ! Et si besoin, je pourrais te servir de muse pour créer un fabuleux personnage de roman !

— Je n'ai pas envie d'écrire un roman. Je vais remettre à jour mon CV de correctrice, et je sais ce que je veux vraiment faire à côté.

— Mais qu'attends-tu pour me raconter ?

Je hausse les épaules, l'air hésitant.

— Hey, s'insurge Félicie. C'est pas parce que je filme des moutons que tu as l'autorisation de me rendre chèvre. *Tell me !*

Sa mine indignée provoque mon hilarité. Elle me donne un coup de coude pour me forcer à parler :

— Je veux écrire et illustrer des imagiers pour les enfants. Mais pas avec des mots bateaux. J'imagine quelque chose de poétique, en lien avec ma collection de mots. Un abécédaire des mots à sauver, un autre avec des mots qui n'existent pas en français, mais qui caractérisent des émotions spéciales. Tu sais qu'en allemand, un mot désigne le sentiment d'appartenance à un endroit ? *Heimat*, ça s'appelle. Et en finnois, *Sielunmaisema* est un mot qui correspond à un endroit qu'on porte dans son cœur, et dans lequel on se sent parfaitement chez soi. Voilà, c'est ce genre de choses que j'ai envie de créer. Tu en penses quoi ?

— Que Broavel a déteint sur toi. Pour vivre sur cette île, il faut être illuminé ou sacrément cabossé, c'est bien ça ? Toi, tu t'es réparée. Et maintenant, comme le phare, tu laisses passer la lumière. Je suis fière de toi.

Je la serre dans mes bras, avant de continuer à narrer mes projets :

— Oh ! Et je voudrais peindre le phare sur des galets, pour qu'ils soient vendus au Repaire. Ce serait ma contribution, ma petite pierre à l'édifice.

— Ce sera un galet ou une pierre ? glousse-t-elle.

Je lève les yeux au ciel, moqueuse :

— Pathétique !

— En réalité, tu es incroyable, Charlène, vraiment incroyable, me chuchote-t-elle en ouvrant la porte du Repaire.

Je rougis sous le compliment. Et fonds en larmes en découvrant tous les habitants de Broavel qui agitent une banderole avec mon prénom.

— Joyeux anniversaire, Charlène ! entonnent-ils en chœur.

Je me tourne vers mon amie, les joues en feu :

— Mais, comment…

— Hey, tu ne croyais quand même pas que j'allais oublier ton anniversaire ? Je t'avais promis qu'on le fêterait !

Épilogue

Vendredi 1er juillet 2022

Le *Kuzheol* est plein à craquer, essentiellement des curieux qui se déplacent pour la journée et des touristes.

Je pose mon sac à dos à l'emplacement prévu et me dirige vers le pont supérieur.

Mes écouteurs dans les oreilles, je laisse la musique envahir ma tête.

Quand je suis certaine de ne pas être prise de nausées, je sors mon carnet d'illustrations et tire une page arrachée il n'y a pas si longtemps et à la fois dans une autre vie.

La « vraie Charlène ».

J'examine avec fierté toutes les petites croix gribouillées à côté de mes résolutions et la dernière phrase barrée.

En dessous, je compte ajouter mes nouveaux objectifs. Je sais désormais qui je suis. Je suis Charlène Carlier, trente-cinq ans, fraîchement divorcée et bientôt propriétaire d'une maisonnette sur une île, que j'ai rachetée une bouchée de pain à mon grand-père. Je suis correctrice, avec plein de projets d'illustrations que j'ai hâte de mener à leur terme pour en commencer d'autres. Je ne suis pas filiforme, mais j'assume de plus en plus mes rondeurs, avec l'aide d'une psychologue-diététicienne. Je suis hypersensible, je me laisse parfois marcher sur les pieds, je prends souvent les choses trop à cœur, les émotions des autres me submergent, mais c'est aussi cela qui fait celle que je suis. J'avance, j'évolue, je commets des erreurs, je me rattrape, je me trompe encore, je me fâche contre moi et me réconcilie… et c'est ça la vie. Et surtout, j'ai des amis.

Une heure plus tard, Broavel apparaît enfin. Un sentiment puissant m'envahit. Revoir ce caillou me procure un apaisement indéfinissable. Même si je ne l'ai quitté que la semaine dernière.

J'attends que les plus impatients sortent du *Kuzheol*, et descends à quai. Je croule sous le poids de mes bagages quand une main empoigne mon gros sac. Comme s'il ne pesait rien.

Un sourire s'invite sur mon visage, mais je peste pour la forme :

— Victor ! Ton infirmière a dit qu'il fallait que tu te reposes !

— Tu parles de cette dictatrice qui m'a engueulé parce que j'allais être en retard pour t'accueillir ?

— C'est peut-être bien la même, oui !

— Franchement, ma citadine, se reposer le week-end de la si attendue course de caisses à savon ? Plutôt mourir !

— Oui, et bien c'est ce qui va se passer si tu continues à n'en faire qu'à ta tête ou à celle de Jeanne ! Je conduis la charrette !

— Tête de mule ! Je reconnais bien là l'esprit des Tolbi !

Il me donne une tape dans le dos qui manque de me décoller deux ou trois côtes, puis me serre gauchement dans ses bras. Niveau démonstration d'affection, je crois qu'on atteint le summum. Ça me va. Une douce chaleur se répand en moi.

— Raconte, ce continent, toujours aussi merdique ?

— Encore plus quand on a connu le calme de Broavel. À chaque fois, je suis surprise par le bruit. Et la pollution…

— On est bien mieux sur ce caillou !

Je hoche la tête en prenant le contrôle de la charrette.

Le reste du chemin se déroule, comme d'habitude, dans le silence. Mais je n'ai pas besoin de m'arrêter pour reprendre mon souffle. Je repense à la toute première fois où j'ai arpenté ce chemin, et aux mois qui se sont écoulés depuis.

À un moment, j'ai envisagé de ne plus jamais m'éloigner de Broavel. Mais il le fallait. Ce n'est pas en fuyant devant les vagues qu'on vit. J'avais besoin de me jeter à l'eau, de rentrer, pour me libérer des derniers boulets attachés à ma cheville. Et je partirai, encore. Régulièrement, pour le travail. J'ai trouvé un poste de correctrice dans une maison d'édition. C'est un mi-temps, mais cela me permettra de poursuivre mes missions en free-lance et de passer le plus de temps possible sur cette île.

Un couple d'amoureux nous double avec une poussette pour se diriger vers la ligne de départ de la course, près de la balançoire. Le bébé est minuscule, il a environ deux mois. Le même âge que le fils d'Hervé. Lorsque j'ai appris sa naissance, je ne peux pas dire que ça m'a laissée de marbre. J'ai évidemment eu envie de me ruer sur le tiroir à confiseries, mais j'ai réussi à me ressaisir. Au lieu de nous déchirer, Hervé et moi, nous sommes parvenus à communiquer. Pas au point de devenir amis, mais assez pour nous pardonner le mal qu'on s'est fait ces dernières années. Aujourd'hui, je peux même affirmer que je suis heureuse pour lui.

Quant à moi, si la vie m'offre un jour l'occasion de connaître le bonheur de la maternité, je l'accepterai sans angoisser. Et si ça ne m'arrive jamais, c'est que ce n'était pas ma destinée.

— Chaaaaaa, je suis là !

Zélie court et me saute dans les bras. Ce câlin de retrouvailles me fait plus de bien qu'une tablette de chocolat blanc à la noix de coco.

— Tu m'as manqué, ma puce.

— Toi aussi ! Allez, viens, l'entraînement a commencé, et papa est arrivé, je veux te le présenter !

— J'arrive !

Une caisse à savon surgit à toute berzingue devant nous. Jonas tient le volant. Sa banane géante a évolué en panier de fruits. Grâce à son événement et, encore une fois, aux réseaux sociaux de Félicie, les gens ont répondu présent. La presse, en voyant l'ampleur que prenait la manifestation, s'en est mêlée. Le conseil général a décidé d'affréter des bateaux supplémentaires, et Tienez et Kervolan sont devenues îles d'asile pour ceux qui ne parvenaient pas à trouver un couchage ici. Les Broavéliens se sont tous engagés à prêter main-forte, leurs familles et amis sont venus aider pour l'occasion. Le centre culturel et l'école se sont métamorphosés en lieux de restauration. La course est prévue demain, mais Broavel grouille déjà de monde. Ils se pressent au marché tenu par Jeanne et quelques habitants. Chacun a mis la main à la pâte et sa fibre artistique en action pour créer des objets revendus au profit de notre association, « Les Oisillons ». Je souhaite de tout mon cœur que ça fonctionne. Bien sûr, nous le savons, il faudra continuer les efforts. Mais toutes ces petites choses, mises bout à bout, aideront les Oisillons à rester un abri pour les artistes en panne d'inspiration et pour les ébréchés en quête de respiration.

Je les regarde. Tous ces gens, qui étaient des étrangers il y a encore quelques mois, sont devenus ma famille. Après en avoir discuté avec Jeanne, j'ai invité mes parents. Mon père a refusé. J'ai cru que ma mère allait se ranger à son avis, mais pour une fois, elle l'a affronté. Elle arrivera demain.

Percer le secret de Broavel n'a pas, comme par magie, effacé ces dernières années : la vie n'est pas un conte de fées. Mais en apprenant à me comprendre, je parviens à mieux appréhender ma mère, et chacune, nous faisons des concessions.

— On peut être fiers de nous, me murmure Véra, qui vient me saluer avec Jonas descendu de sa caisse à savon.

Leurs mains se frôlent et ils s'éloignent précipitamment l'un de l'autre. Les joues de Véra prennent une teinte rosée. Les lèvres de Jonas s'étirent dans un sourire niais. Ils me font penser à deux adolescents. Mon intuition se confirme. Il se passe quelque chose entre eux. Il faut absolument que j'en parle à Félicie et qu'on mène l'enquête !

— Oui, on peut. C'est vraiment du beau boulot ! Au fait, Véra, ça y est. Je crois que j'ai trouvé le titre du roman de ma vie !

— Qu'est-ce que tu attends pour me le dire ? Oh, non, je vais essayer de deviner : « Contre vents et secrets » ?

Je secoue la tête.

— Non, ça, il semblerait que ce soit déjà pris, dis-je en les regardant tour à tour. Mon titre à moi, ce serait « Comme un oisillon tombé du nid ». Et cette histoire parlerait des gens qui te recueillent comme l'une des leurs. Parce que c'est ça que Broavel m'a vraiment appris. La force d'un groupe, d'une communauté.

— J'aime énormément ce titre de roman, déclare Véra, émue.

— C'est exactement ça, Charlène, jubile Jonas, qui veut décidément toujours avoir le mot de la fin. La vie, c'est comme une course de caisses à savon. Seul on va plus vite. Mais tous ensemble, on va plus loin !

Jeanne et Victor, main dans la main, se joignent à notre cercle. Au loin, je vois Félicie en grande conversation avec Zélie.

J'attrape Jeanne par le bras, pose ma tête sur son épaule et admire le paysage, constitué autant de nature que de visages amis.

Je pourrais ruminer sur ces années gâchées. Mais pour savourer la vie, on doit savoir remettre les choses en perspective. On a perdu du temps mais on s'est trouvés. Le phare est toujours debout. Comme nous. Contre vents et secrets.

Remerciements

J'ai tendance à croire que rien n'arrive tout à fait par hasard.

Pour écrire ce roman, je cherchais le calme, la déconnexion, la solitude.

C'est ainsi que je me suis retrouvée sur une minuscule île bretonne.

Pendant deux semaines, mon inspiration s'est nourrie d'odeurs, de lueurs, de couleurs.

J'y ai appris à découvrir ceux que je pensais pourtant connaître depuis toujours. Et moi avec.

Rien n'arrive par hasard, donc, et Broavel est né à Hoëdic. C'est cette île que je voudrais remercier en premier lieu, pour l'apaisement qu'elle m'a offert, pour ses aubes baignées de lumière, pour ses levers de soleil sur le phare des grands cardinaux. Pour les rencontres, les émotions, pour toutes les choses qu'on ne peut pas voir mais qui s'accrochent à l'âme et aident à grandir un peu. Merci à Geneviève, Joseph, Margot et Pablo pour cette parenthèse qu'ils ont partagée avec moi.

Merci, Antoine, Marissa et Léandre, de m'aimer telle que je suis, avec toutes mes lubies, même quand je suis tellement dans mes histoires que je vous réponds sans vous écouter vraiment. (Et oui, je sais que vous en profitez allègrement !)

Merci, maman, d'être cette lectrice à la fois objective et passionnée, de connaître si bien mes personnages que tu m'aiguilles sur leurs goûts vestimentaires. (Désolée, j'ai laissé son bonnet à Victor !) Merci, Toinou, de donner ton avis comme si tu avais lu l'histoire, et de toujours y croire, depuis toujours.

Merci, Virginie Fuertes, de me faire confiance les yeux fermés, même quand je me disperse et que je pars dans tous les sens. Merci de mettre tout le reste entre parenthèses quand j'annonce que vraiment, ce roman, ça ne va pas le faire, simplement pour me rassurer. Merci d'être ma conseillère, ma psy, et de me soutenir dans toutes mes idées (parfois, y en a des bonnes).

Merci, mes Bertitis, Serena Giuliano, Sophie Rouvier, Virginie Grimaldi, de faire partie de ma vie, de mon équilibre, de ma famille. Il n'y a rien d'impossible tant qu'on est ensemble. Il n'y a rien d'impossible, et le quotidien est plus doux.

Merci au groupe « Faut qu'on parle », Isabelle Lagarrigue, Léa Volène, Joffrey Gabriel, pour ces heures de brainstorming sur WhatsApp où titres, couvertures et manuscrits sont passés à la moulinette. Merci pour le sérieux, les fous rires et nos confidences à toute heure du jour et de la nuit. Un merci particulier à Isa pour être la seule à lire toutes les versions sans jamais rechigner !

Merci à ma première bêta-lectrice, Valérie Lavallé pour ton enthousiasme légendaire, et à ma dernière bêta-lectrice, Marie Vareille, pour tes précieux conseils. Je mesure ma chance d'être si bien entourée.

Merci à l'équipe des éditions de l'Archipel, c'est un plaisir de cheminer et de devenir autrice avec vous.

Merci, et je vous garde toujours pour la fin comme une cerise sur le gâteau, ou une fraise Tagada sur le mojito, à vous qui m'aidez à faire de mes rêves de petite fille une réalité. Lecteurs, libraires, chroniqueurs, instagrameurs... Voir mes romans entre vos mains, dans les rayons des librairies, découvrir vos chroniques sur les réseaux ou votre émotion lors des dédicaces... c'est quelque chose de merveilleux. Comme si j'assistais au lever du soleil plusieurs fois par jour grâce à vous.

Il y a un an, l'aventure de l'édition commençait pour moi, et votre soutien, vos mots, vos encouragements, vos retours ont parsemé cette année de paillettes. J'ai hâte de poursuivre cette aventure avec vous.

Alors à très bientôt ici, ailleurs, ou sur les réseaux !

Cynthia Kafka

DÉJÀ PARUS
DANS LA MÊME COLLECTION

À PARAÎTRE
EN 2022

Janvier

Février

Mars

Avril

Mai

Juin

Août

Septembre

Octobre

Novembre

Cet ouvrage a été composé
par Atlant'Communication
au Bernard (Vendée)

Impression réalisée par

NORMANDIE ROTO IMPRESSION S.A.S.
à Lonrai (Orne)

en septembre 2022
pour le compte des Éditions de l'Archipel
département éditorial
de la S.A.S. Écriture-Communication

Imprimé en France
N° d'impression : 2204001
Dépôt légal : octobre 2022